Entre el cielo y el infierno

Cielo o infierno, Volume 1

NYX AQUA SERRANO

Published by Nyx Aqua Serrano, 2024.

ENTRE EL CIELO Y EL INFIERNO

First edition. January 4, 2024.

Copyright © 2024 NYX AQUA SERRANO.

ISBN: 979-8230957485

Written by NYX AQUA SERRANO.

Tabla de contenido

Créditos

Título original: Entre el cielo y el infierno
© Erika Isabel Salazar Serrano
Registrada bajo el código: 1406111218058
Todos los derechos reservados ©
Imagen de la portada: Pixabay

Dedicatoria

Para mi madre: Fanny.
«Me aceptas tal y como soy,
sin importarte cual sea mi actitud.
Tú amas, tanto mi lado de ángel,
como mi parte de demonio.
Yo solo puedo reconocer,
que mi amor por ti
es inconmensurablemente,
aunque algunas veces mis demonios
me impiden demostrártelo».

Agradecimientos

Quiero agradecerle primordialmente a Dios por darme salud y vida para terminar este proyecto.

A mis padres y hermana, ustedes son unos maravillosos, me alegra tenerlos en mi vida, aunque casi nunca lo diga.

Y, por último, pero no menos importante quería agradecerle a Brenda mi mejor lectora, tú me diste el ánimo que necesitaba para seguir a delante con este proyecto; tus comentarios fueron de mucha ayuda para mí.

Muchas gracias.

Sinopsis

Aíma es dulce, inteligente, cariñosa y amable. Eso es lo que las personas piensan cuando la observan, pero nadie sabe, que cuando cae la noche ella deja salir su verdadero ser. Un demonio que destruye, asesina y acaba con todo a su alrededor; cuídate porque una vez que estás en su mira nada te podrá salvar...

Prefacio

Érase una vez un lugar muy lejano donde habitaba una princesa...

Stop, si eso es lo que buscabas, lamento decirte que en esta historia no lo encontrarás, aunque ella pueda parecer buena a simple vista, en lo más recóndito de su ser oculta un secreto oscuro. Su nombre es Aíma, es la primogénita de un poderoso demonio del inframundo, habita en la tierra junto a los mortales, en el día se mezcla con ellos, asiste a clases, igual que lo haría cualquiera de humano. Nadie que mire su delicado rostro, podría imaginar las cosas terribles que ha hecho. Su vida transcurre en dos escenarios, la niña perfecta de modales impecables y su personalidad real, un ser retorcido, deseoso por destruir e infringir dolor a su alrededor. Lo siento mucho, pero ella no es la típica chica buena que todos desean conocer, si te gustan las historias rosas, debo advertirte que la suya no lo es.

La Misión

«Para millones y millones de seres humanos el verdadero
infierno es la tierra»

— Arthur Schopenhauer—

Era viernes por lo que Aíma tenía que salir a trabajar, todavía no conocía su itinerario de fin de semana, pero pronto tendría noticias al respecto. Después de acudir al colegio volvió a casa, vivía en una urbanización privada, rodeada de las familias más adineradas de la zona. En cuanto piso su residencia fui directo a tomar una ducha, necesitaba calmarse; soportar a los desplantes de sus compañeros, no era tarea fácil; los mortales y sus estupideces la sacaban de control.

El silencioso ambiente del baño, fue profanado por uno pasos firmes, ella estaba tan segura, como de que en el infierno no existe hielo, de que el invasor era Kólasi, el mensajero favorito de su padre; tenía la certeza de que, si su padre pudiera convertirlo en su hijo, con algún hechizo, ya lo hubiera hecho, él es su demonio favorito en el mundo, después de su hija.

—Se supone que debes tocar, para ver si no está ocupado antes de entrar—le reprochó mirándolo con sus verdes ojos.

— ¿Y desde cuando los demonios sienten pudor?

—No es pudor, es educación—señaló la pelirroja con una pequeña sonrisa, la espuma acariciaba su pálida e impecable piel.

—Creo que los humanos te están volviendo blanda—bufó él recostándose de la pared. Su cabello rubio oscuro lucia desordenado y en sus ojos café claro se notaba un enorme fastidio.

— ¿Quieres ver que tan blanda soy? —le susurró con una sonrisa insinuante, invitándole a entrar en la bañera. El joven accedió, se acomodó dentro de la lujosa tina. Ella pasó las manos alrededor de su cuello, al principio se relajó, pero luego sintió la presión de las uñas, creciendo contra su piel, poco a poco se fue quedando sin aire; cuando se encontraba entre la pequeña línea, que dividía la vida de la muerte, Aíma lo soltó.

— ¡No te asesino, porque eres el favorito de mi padre! Pero si vuelves a insinuar que me estoy volviendo blanda, no sé si me pueda contener—le advirtió molesta.

—Estuviste a punto de matarme—logró decir con dificultad, le costaba un poco respirar. — ¡¿Acaso estás loca?!

—Estás hablando con un demonio, no debes tratarme como si fuera una asquerosa humana. Cambiando de tema, creo que no viniste hasta aquí por mis caricias, ¿o sí?

—Traje tu nueva misión—respondió colocándose una mano en el cuello. Le explicó su misión rápidamente y se fue.

En resumen, tenía que ir a un bar, en busca de un hombre que se casaría el sábado; las ordines eran eliminarlo, debido a que la mujer con la que contraería nupcias, era su verdadero amor y no debían permitir que el bien triunfara, mucho menos que los humanos logren ser felices. Se dirigió al amplio closet, tomó un vestido negro, con escote en la espalda, se lo pasó, junto con unos tacones de 15 cm, color rojo sangre, soltó su cabello, provocando que la melena rojiza, cayera libremente.

Observó su reflejo ante el espejo, estaba lista para la cacería, alrededor de las diez de la noche, se encontraba entrando al bar; había mucha gente en el lugar, pasó junto a un par de borrachos, que soltaron comentarios desagradables, los ignoró, ¿acaso pensaban que a las mujeres les gustaba eso? Se dirigió hacia "su misión", al verla se puso nervioso, ella lo sintió. Sin demora, se acercó a ella, en ningún momento rompió el contacto visual, la pelirroja tenía la capacidad de manipular un poco a las personas, con solo mirarlas, lo tomó de la mano y caminaron fuera del lugar, hasta llegar a un callejón poco iluminado. El lugar perfecto para entrar en acción.

— ¿Qué quieres que te haga cariño? —susurró seductoramente a su oído.

—Llévame al cielo—musitó nervioso. La joven a quien seguramente le llevaba diez años, lo tenía sumamente excitado.

—Siento no poder hacerlo, al único lugar que irás conmigo, será al infierno—añadió dejando crecer sus uñas. Los ojos de Aíma se tornaron de un rojo intenso; acto seguido el hombre se liberó del trance. Se encontraba aterrado, ella le golpeó el pecho con su mano, sacándole el corazón. La sangre empezó bajar por su pecho, hasta llegar al suelo y sus ojos se quedaron sin vida, después de emitir un sonido desgarrador.

—Tengo un regalo, para ti—cantó Aíma frente a Kólasi, colocando un frasco de color ámbar sobre la mesa, frente a él.

—Un corazón—comentó el apuesto joven sin inmutarse.

—No es solo un corazón, representa el triunfo de la infelicidad en el mundo. Y cuando su novia se entere, será una gran victoria sobre el bien—anunció emocionada.

—Buen trabajo Aíma, eres eficaz—agregó Kólasi sin ánimo.

— ¡Soy la mejor admítelo! —chilló enojada, deseaba golpearlo, para que se dignara a prestarme atención.

—Eres una creída—señaló girando sus ojos.

—Solo soy realista—aseguró ofendida y desapareció. Kólasi era un tonto, que no tenía la capacidad de reconocer el talento, ni, aunque le cayera encima.

Los rayos del sol entraron por su ventana, anunciando la llegada de un nuevo día. Aunque para ella representaba, fingir algo que no era, estaba condenada a vivir una doble vida, asistir a un colegio que odiaba, rodeada que humanos desagradables. A veces le gustaría que fuera diferente, pero lo hacía por un bien mayor. Trenzó su cabello y se puso unos lentes algo pasados de moda.

— ¿Quién sospecharía de alguien tan inocente? —musitó ante el enorme espejo, observando el rostro tan delicado que reflejaba.

Tomó su mochila y se dirigió al colegio, caminaría esa mañana, al fin y al cabo, la distancia era corta. Cuando llegó sintió algo extraño, el ambiente demasiado sereno, tanto que comenzó a pensar que algo malo estaba por suceder. Había tanta paz, que le era perturbador e incluso doloroso. Extendió su oído, pero nada, todo era tranquilidad, eso realmente le extraño; subió las escaleras corriendo, se dirigió al laboratorio de ciencias y justo en ese momento lo vio; debía ser nuevo en el colegio o en la ciudad, porque nunca antes, sus ojos se habían posado sobre él.

Tenía el cabello rubio claro, sus ojos eran de un color marrón tan hermoso que parecían casi irreales; lo más raro era que se encontraba en completa paz, sus pensamientos, sentimientos, no había nada de maldad. *«Eso era imposible»* se dijo a si misma, porque las personas totalmente buenas no existían, todos poseían algo de maldad.

—Hola soy Daniel—saludó cuando pasó por su lado, embozando una gran sonrisa.

—Mi nombre es Aíma—contestó cortésmente y se dirigió a su asiento, había algo en ese chico. que se sentía mal, el solo hecho de verlo le perturbaba. Su teléfono sonó, era un mensaje de Kólasi

Te veo en 10 minutos, en la cancha de educación física.

Era raro que le escribiera; él siempre aparecía de la nada. Se levantó de la silla rumbo a la salida, pero cuanto se acercó a la puerta, tropezó con el profesor que se disponía a entrar al aula. El hombre se acomodó los anteojos y la miró sorprendido, o quizás adolorido por el choqué accidentalmente contra su enorme barriga; la joven inclinó la cabeza en señal de respeto, como la instruyeron las monjas, esperando que dejara pasar el incidente.

— ¿Señorita Smert se encuentra usted bien? —preguntó el profesor Sánchez

—La verdad no, creo que iré a la enfermería—murmuró fingiendo dolor.

— ¡Entonces vaya rápido! —le ordenó. Salió del salón directo a la cancha, cuando llegó Kólasi jugaba con un balón de básquetbol.

—No lo haces nada mal—comentó la pelirroja, él sonrió y lanzó el balón. Ella lo atrapó sin esfuerzo.

— ¿Qué haces aquí? —preguntó curiosa.

—Algo muy malo está sucediendo, Aíma, me preocupa lo que pueda sucederte—respondió seriamente.

— ¿Y lo malo acaso no es bueno para nosotros? —soltó la joven, haciendo rebotar el balón contra el piso.

—En este caso no—aseguró dejándose caer en una de las bancas. Su rostro lucía preocupado.

— ¿Qué sucede?

—En el infierno se habla de una rebelión—respiró profundamente—. Siento miedo por ti—añadió con preocupación

— ¿Crees que soy una traidora? ¿Acaso piensas que yo estoy en contra del inframundo? —escupió la pelirroja casi a gritos.

—No es eso, pero Kovat piensa que es culpa de los nephilims y tú...

— ¡No termines la frase! —le interrumpió. — ¡Sabes que me da asco mencionarlo! —añadió llena de ira. Un ruido repentino, les distrajo de su discusión. — ¿Oíste eso? —preguntó a era Kólasi, su voz era casi un susurro.

—Creo que tenemos compañía—respondió con tono serio.

—Debes irte—musitó ella.

—Cuídate—murmuró antes de desaparecer.

—Yo sé cuidarme, ya no soy una niña—suspiró. — ¡¿Quién anda hay?! —preguntó tratando de sonar inocente.

—Soy yo Daniel—escuchó decir al chico rubio, desde la entrada.

— ¿Qué haces aquí? —le preguntó con normalidad.

—Me pareció oír voces y entre—soltó serenamente ¿No estabas con la enfermera? —indagó un tanto curioso.

—Necesitaba aire—respondió la joven, sonriendo tímidamente.

— ¿Te sientes bien?

—Sí, estoy mejor. Debo volver a clases—se despidió Aíma.

—Espera, te acompaño—añadió el rubio corriendo tras ella.

—No gracias, estoy bien sola.

—Nos vemos luego—agregó el joven con una amplia sonrisa y ella asintió con la cabeza.

Era extraño lo que le sucedía con ese chico, su presencia le descontrolaba, la hacía recordar cosas que creía haber olvidado y traía pensamientos nada buenos a su vida. No podía estar cerca de él, era lo único cierto; necesitaba sus instintos al 100% si pretendía enfrentarse contra Kovat. Al traspasar el umbral de su casa empezó a deshacerse del disfraz de "niña buena". Subió hasta la habitación, encendió el equipo de sonido a full volumen; no le preocupan los vecinos, las paredes son a prueba de ruido, por lo que nadie podría oír lo que aquí sucedía. Sonó el teléfono de la casa, sacándola de su momento de relajación; era su padre. Le alegra saber de él, puesto que era su único familiar con vida.

— ¡Hola padre! —contestó alegremente.

—Beautiful malice—soltó él, su voz era áspera, pero sus palabras sonaban cariñosas.

—Tiempo sin saber de ti.

—Hay que trabajar si queremos reinar hija mía.

—Lo sé, ¿qué quieres?

—Mañana hay reunión, será organizada por el consejo y se requiere tu presencia en el inframundo.

—Con gusto iré—respondió extasiada.

— Kólasi pasará por ti, le ordené llevarte.

—Entendido padre, lo esperaré con gusto.

—Kötü—se despidió antes de colgar.

Mañana iría al inframundo, casi nunca lo visitaba; debido a su condición, pero algún día estaría allá, ocupando el lugar que le pertenecía, reinando por sobre todos los mortales; justo a la diestra de su padre, por eso valía la pena convivir con los mortales, para así preparar el terreno para su ascenso. Él se lo había prometido cuando era una niña, siempre supo que mientras su maldad creciera, el reinado se la familia Smert florecería.

Beautiful malice: Bella malicia.
Kötü: Sé mala.

Enemigos infernales

«El fuego del infierno no necesita que nadie
lo encienda y ya te está quemando por dentro...»

— Toni Morrison—

—Buenos días—le despertó Kólasi̱ con un suave susurro.

—No son buenos, son maravillosos—se despertó Aíma alegremente, luego le besó apasionadamente.

—Mi niña mala volvió—agregó sonriente, apretándola contra su pecho fornido. Ellos tenían una complicada, aunque larga historia.

—Siempre está aquí, pero a veces se aburre—confesó la pelirroja deslizando sus dedos por los brazos cálidos que la aprisionaban.

— ¿De mí? —preguntó él, empujándola sobre la cama, para luego colocarse sobre ella. Le miró sus brillantes ojos, tan bellos con un atardecer de verano.

—De todo diría yo—resopló la joven, apartándole un mechón rubio del rostro.

— Sabes a que vengo, ¿verdad?

— ¡Vamos al infierno! —grito eufórica.

—Exacto—le dedicó una sonrisa—. Lo que te dije ayer, era cierto ha empezado la cacería de nephilims.

—No quiero que sigas con eso—le cortó empujándolo para levantarse de la cama. Tomaría una ducha rápida, sin duda no deseaba continuar con esa conversación. Al salir del baño notó que Kólasi̱ seguía acostado en la cama, mirando por la enorme ventana.

— ¿Cómodo? —le preguntó con el ceño fruncido.

—Si, aunque le falta algo—se quejó Kólasi̱ golpeando una almohada.

— ¿Algo como qué? —susurró sin pensar.

—Como tú—soltó él. La joven se dirigió al closet, tomó un short rojo, una camisa negra estilo corsé, junto con unas botas de cuero negro.

—Eres hermosa—murmuró Kólasi acariciándole la espalda.

—Siempre lo he sido cariño. Es hora de irnos.

—Vámonos—añadió a regañadientes, tomó su mano y en pocos segundos aparecieron en el infierno. Ese era el lugar favorito de Aíma en todo el mundo.

—Casi olvido como se siente—suspiró con nostalgia.

—El calor es más fuerte que en un sauna—comentó Kólasi con desagrado, eran tan diferentes, lo que a la joven le apasionaba a él le causaba un tremendo tedio.

—грязнокровкой—soltó Vladimir asqueado, cuando pasó cerca de la pelirroja. Él era uno de los demonios más jóvenes del inframundo, poseía un cabello rubio muy claro, sus ojos eran azul pálido acompañado por unas facciones agraciadas; pero tras su perfecto rostro, se ocultaba un ser desagradable, que trataba a todos como sirvientes.

— ¡Retráctate! —gritó Aíma furiosa.

— ¿Y si no lo hago? ¿Qué? —escupió desafiante, su acento ruso era muy marcado.

— ¡Te vas a arrepentir! —maldijo la joven.

—No le temo a una sangre sucia—agregó con asco, provocando que Aíma perdiera el poco control que poseía; lo lanzó contra uno de los muros de piedra rojiza. Su rostro se veía confundido.

—No podrás con nosotros niña tonta—me amenazó mientras se levantaba del piso. Su mirada era feroz, como una bestia rabiosa.

— ¿Eso crees? Te apuesto que puedo con todos ustedes—le retó la pelirroja. El grupo de Vladimir trató de acercarse para ayudarle, eran los perritos falderos, siempre tras él. Aíma Lanzó una llamarada de fuego, dejándolos atrapados en un impecable círculo de fuego, ¿quién decía que la geometría no era divertida? —Ahora que dices, idiota—se burló con saña.

— ¡Eres una maldita nephilim! ¡La sangre en tus venas está sucia! —gritó Vladimir invadido por el odio.

Sus palabras fueron la gota que rebasó el vaso; los ojos verdes de la joven se habían vuelto tan rojos como la sangre. Ya no se controlaría más, sus uñas crecieron salvajemente y las clavó en los ojos del demonio rubio. Los gritos de dolor emitidos por el joven eran desgarradores; la pelirroja no se detuvo, hasta que vio sus cuencas vacías y una línea de sangre derramándose por su rostro mutilado. Nunca permitiría que la ofendieran nuevamente.

— ¡Ese regalito es un recuerdo de mi poder! —gritó con sorna. Él se retorció de dolor.

Kovat apareció de improviso, clavó su mirada en la joven, por cuyos dedos se deslizaban pequeñas líneas del líquido carmesí, luego se enfocó en Vladimir, que seguía sumido en el dolor, perder los ojos a sangre fría, resultaba doloroso. Sus manos e incluso la camisa gris que vestía se encontraban cubiertas de sangre. La joven levantó la mirada, encontrándose frente a frente con los ojos feroces de Kovat, su gesto albergaba un profundo disgusto. La rabia brillaba en sus iris azulados, sin duda desearía, que quien estuviera gritando de dolor fuera ella. Aíma se enderezó mirándole sin temor.

—Deberías entrenar mejor a tus sirvientes, estos están muy débiles—soltó con superioridad, pasando junto a Kovat, alejándose de la escena sangrienta tras ella.

—Tientas a tu suerte—le reprendió Kólasi en un susurro.

— ¿Qué puedo hacer? Me divertía viendo su cara; parecía que iba a explotar de la rabia—admitió sonriendo.

—No sabes en lo que te metes, hermosa—añadió él y suspiró profundamente.

—Me subestimas Kólasi, podría matarlo sin utilizar toda mi fuerza—se quejó algo ofendida.

—Es un demonio de alto nivel—replicó el joven, tratando de hacerle comprender lo arriesgado de sus impulsos.

—Una pequeña y frágil dama, podría acabar con él, sin dañarse la manicura—añadió dando por terminada la conversación.

La enorme sala, en la que se realizaría la "Convención demoníaca especial", les daba la bienvenida. El lugar estaba hecho de piedra rojiza, con un techo tan alto, que era imposible mirarlo. Se encontraba iluminado por antorchas de fuego naranja, decoradas símbolos antiguos e incrustaciones de oro y piedras preciosas; las mesas eran de mármol blanco, cada una de ellas estaba reservada para alguien en especial, las del centro para los demonios de alto rango, como sus padres y Kovat, las de la derecha para los nephilim novatos que aún no gozaban de misiones específicas, las del lado izquierdo, para los demonios jóvenes alto rango entre ellos se encontraban Kólasi y Aíma. Tomaron asiento, junto a dos rubias que parecían ser hermanas, observaron entrar al grupo de Vladimir, quienes le guiaban hasta una de las mesas cercanas.

Las trompetas sonaron, dándole paso a Cassius; todos los presentes se levantaron, en señal de respeto. Él dirigiría la reunión de esa tarde. Era alto, de cabello rubio oscuro, ojos claros y barba escasa, es el tipo de hombre que haría a las humanas pelear entre sí, solo por tener un poco de su atención. Vestía una camisa de seda gris, un pantalón negro y calzado del mismo color, sobre su ropa reposaba una túnica de color rojo intenso, casi parecía que estuviese hecha de sangre.

—Como ya deben imaginarse, los he citado aquí, porque existen traidores entre nosotros—voces y murmullos invadieron la sala, producto del comentario hecho por Cassius.

— ¡Silencio! —ordenó autoritario, provocando que la sala se estremeciera—. Fuentes cercanas y de mi entera confianza, me han comentado una perturbadora noticia. Un grupo de nuestro bando, se encuentra colaborando con los defensores de la humanidad. ¡Nos han traicionado con esos bichos asquerosos y ruines! —continuó diciendo, su voz era sedosa, aunque dura a la vez, igual que la bofetada de una rosa espinosa.

— ¿Defensores de la humanidad? —murmuró la pelirroja un tanto confundida.

—Ángeles—susurró Kólasi̱ a su oído. Ella le miró incrédula, pensaba que era una broma. — ¿Crees en los demonios, pero no en los ángeles? Mi querida Aíma, para que exista el mal en el mundo, también debe existir el bien. Es parte del equilibrio.

—Les advierto que no seremos compasivos con los traidores, los torturaremos y luego mataremos, de la única forma que nosotros sabemos, hasta que imploren piedad y saben que no somos piadosos—terminó Cassius con un tono macabro. La reunión finalizó y todos abandonaron la sala.

—Я заплачу—escupió Vladimir, pasó junto a la pelirroja.

—Cuando quieras—respondió ella. El joven demonio llevaba una venda alrededor de la cabeza, justo sobre la zona de los ojos, si antes le odiaba ahora deseaba acabarla.

Estar en el infierno provocó un agradable, aunque raro buen humor en Aíma; al estar junto a los demás demonios, no tenía que fingir ni pretender ser algo que no era. La verdad era que ser buena y calmada le costaba demasiado; algunas veces deseaba asesinar a unos cuantos de sus compañeros de clases, pero al final del día se contenía por el bien de los planes de su padre. Le dolió cuando Kólasi̱ la regresó a casa, aunque su soberbia le impedía admitirlo. Él se quedó a su lado, hasta que se durmió, como lo hacía cuando eran niños. Aíma siempre disfrutó de su compañía, pero el tiempo le hizo comprender que debía dejarlo ir, arriesgó mucho en el pasado, pero nunca recibió nada significativo de su parte.

El reloj marcó las 6:40 am, la alarma tocó una melodiosa sonata rusa, era la favorita de su padre, la encantadora melodía le despertó inmediatamente. Se deslizó fuera de la cama, tomó una ducha cálida, para luego ponerse su disfraz diario, peinó su cabello hasta dejarlo lacio, lo recogió en una cola de caballo alta, se colocó unos lentes enormes que sacó de un cajón, eran horribles, sinceramente sentía lástima por quienes tenían problemas de visión.

—Lo odio —murmuró frente al espejo. Se acomodó el uniforme del colegio; era azul marino, con detalles rojos de estilo japonés, y junto con el look que su padre le obligaba a llevar, la hacía sentirse horrible. Salió de la casa, cuando sintió el autobús del colegio acercarse.

—Buenos días —saludó al subirse. La miraban como un bicho raro, eso era común, incluso algunos jóvenes hicieron comentarios de mal gusto. Trató de distraer su mente para no escucharlos de lo contrario haría una estupidez; se sentó en el tercer asiento del lado izquierdo, junto a la ventana. El autobús realizó varias paradas en las cercanías, en pocos minutos se encontraba casi lleno, excepto por el puesto a su lado, nadie era capaz de sentarse junto a ella, aunque no por miedo obviamente.

—¿Puedo? —escuchó una voz masculina—, subió la vista, percatándose de su presencia, era Daniel. La joven quiso negarse, pero al dar un pequeño vistazo notó que no quedaban asientos vacíos, por lo que no pudo detenerlo.

—Adelante —respondió en un susurró, volteó la vista nuevamente, pegando su rostro contra la ventanilla. Hay algo raro en él, su presencia le perturbaba y le hacía recordar cosas sin sentido.

—¿Te sientes bien? —preguntó el rubio. Aíma lo miró confundida—. Tus manos están sangrando —continuó diciendo. La joven observó sus manos, estaban cubiertas de ese líquido carmesí que ella conocía tan bien; su cuerpo temblaba, se apartó de Daniel bruscamente, se tambaleó hasta a la puerta de salida. En ese instante el vehículo se detuvo frente al instituto educativo.

La pelirroja bajó con premura, corrió por un pasillo, llegando directamente al baño, se recostó contra los lavamanos, con los dedos temblorosos logró abrir el grifo del agua, permitiendo que el frío líquido resbalara por sus manos, eliminando la sangre en ellas. Miró su reflejo en el espejo, lucía muy pálida. No sabía que le sucedía, estaba débil, se obligaba a mantenerse de pie para no caerse; terminó de limpiarse y vio una gran marca en la palma de su mano derecha, era de color rojizo, redonda, como una moneda, tenía algunos símbolos en un idioma desconocido para ella, nunca había visto algo así en su vida. Pasos invadieron el pasillo; por instinto entró en uno de los cubículos del baño; desde allí reconoció a las recién llegadas. Eran Daniela y Mariana, se maquillaban frente al espejo, manteniendo una divertida conversación sobre la fiesta del fin de semana. Aíma tomó su celular con la mano izquierda, le envié un corto mensaje a Kólasi, necesitaba verlo urgente.

No conocía el significado del extraño símbolo, pero estaba segura de que no era nada bueno, salió del baño, fue con la enfermera, fingió sentirme mal, aunque no era del todo falso. La amable mujer de pelo canoso le proporcionó un pase para faltar a clases, se ofreció a llevarla hasta su casa, pero ella le rechazó educadamente, alegando que no era necesario, aunque accedió a que le llamara un taxi. Cuando se acercó a la puerta de su residencia, esta se abrió, dándole paso a Kólasi, la ayudó a entrar y cerró la puerta tras ellos

—¿Te hicieron algo? ¿Fue Vladimir? —preguntó Kólasi, sujetándole por los hombros fuertemente.

—No sé—admitió enseñándole la herida en su mano. El rostro del joven palideció, parecía asustado o más bien aterrado.

—¿Sabes quién te la hizo? —agregó preocupado.

—No, mi mano empezó a sangrar y luego apareció.

—Está mal, muy mal—negó dándole la espalda.

—¿Tu sabes qué es? —preguntó inocentemente, se veía como lo que era, una pequeña, casi una niña.

—Sí, significa algo malo. Es una marca celestial—murmuró volteándose para mirarla.

— ¡¿Qué?! —soltó desconcertada.

—Te la hizo un ángel, saben quién eres. Esa marca es una señal de que vendrán por ti.

— ¿Ángeles? Si claro, no seas infantil Kólasi, los ángeles no existen—se mofó Aíma. —Casi me asustas, no juegues conmigo de esa forma.

—Para que exista el mal, debe existir el bien y para que haya demonios sobre la tierra, es necesario la presencia de ángeles. ¿Cómo puedes creer en el infierno y pensar que no hay un cielo, mi niña? —comentó seriamente, acariciándole la mejilla antes de irse.

¡Ángeles! Aíma nunca creyó que existieran, la idea de seres protectores que cuidaban de los humanos siempre le pareció una simple fantasía. Miro su mano, en ella reposaba ese sello, marcado en su carne, Kólasi aseguraba que era la marca de un ángel; pensaba que andaban tras ella, notó el temor en su semblante. Jamás lo había visto perturbado, eran más fuertes, por eso no entendía su exagerada preocupación, qué más daba da que los ángeles conociesen su origen; los malos siempre ganaban, eso todos lo sabían. Las palabras que su padre siempre me decía le golpearon mentalmente:

«nadie debe saber lo que eres; por eso debes ocultarte».

Я заплачу: Me las vas a pagar en (ruso, se pronuncia: *YA zaplachu*).

Apariencias engañosas

«Si exorcizara mis demonios,
bueno, mis ángeles podrían irse también».
—Tom Waits—

Aíma faltó un par de días al colegio; pero esa mañana volvería, no podía quedarse encerrada, como una pequeña temerosa, Aíma Smert no le temía a nada ni nadie. Si los ángeles querían sangre, se las daría y era seguro que derramada no sería suya. Las clases transcurrieron con normalidad, todo estaba como de costumbre; los mismos idiotas, haciendo lo normal. Entrando al comedor tropezó con Honey, nunca le había gustado su nombre tan empalagoso; ella era la capitana del equipo de natación; lucía tan feliz que le se sintió asqueada.

La pelirroja usó su poder para manipular su mente de manera sutil, reconociendo sus temores; la joven tenía miedo de ser gorda, la verdad estaba muy lejos de serlo, era tan delgada que casi podría hacerle competencia a una escoba, su cabello negro, caía lacio hasta llegar a su cintura, poseía una piel aceitunada y en su cara brillaban un par de ojos casi dorados, como la miel.

En realidad, era muy bonita para tener tantos traumas; pero Aíma no se encontraba allí para ayudar, sino todo lo contrario. Introdujo en su mente pensamientos de sobrepeso, celulitis, personas burlándose. Su felicidad fue opacada por las lágrimas que cubrieron su rostro. Una extraña presencia llamó la atención de Aíma; la figura femenina que nunca antes había visto, le miraba con reproche, como si supiera lo que acababa de hacer; pero eso era imposible, la perturbadora joven, debía tener su edad, aunque aparentaba un poco menos, su cabello tenía un tono rubio muy claro, sus ojos tan azules le proporcionaban una mirada tan profunda, que parecía tener el poder de robar tu alma; no llevaba uniforme, hacienda evidente que no era una estudiante. La observo detenidamente, puesto que la rubia no dejaba de mirarle, notó a Daniel sujetándola por el brazo, hasta encaminarla hasta el invernadero, la pelirroja pensó que podrían ser familiares; pero su curiosidad no era tanta como para seguirlos.

— ¡¿Qué haces aquí?! —le reprochó Daniel a la joven rubia, con evidente molestia.

—Si no haces tu trabajo, mandaran a alguien más—contestó llena de soberbia.

—¿Ellos te mandaron?

—¿Qué crees, mi Dani? Esto es una advertencia, si no lo haces, yo lo hare—su voz sonaba dulce, pero sus palabras eran agrias—. Vistes lo que hizo y no puedes negarlo. Termina de una vez con ella, será lo mejor para todos—soltó la rubia decidida.

—Es mi trabajo eliminarla, Sunshine—susurró Daniel serenamente

— ¡Pues hazlo de una vez! —insistió ella y desapareció.

«Mi misión era fácil, debía venir al colegio, encontrar a la hija de Ölüm y acabar con ella; pero por alguna razón, cuando traté de hacerlo no pude, di marcha atrás. Ahora ellos me han mandado un ultimátum; debo matarla o Sunshine se encargará y en cuanto a crueldad, a veces pareciera que ella compartiera una taza de té con el diablo» pensó Daniel.

La joven dejó de trabajar activamente desde que la marca apareció en su mano, pero ya era tiempo de volver a la acción y colaborar en la destrucción de los seres felices del mundo. Se acercó hasta el espejo de su habitación, dándole inicio a su preparación, cepillo su cabello hasta dejarlo lacio, se puso una minifalda roja, un top negro brillante, junto con unas botas rojas. Revisó las redes sociales en busca de los clubes y bares de moda, aunque pareciera increíble en estos sitios se podían encontrar almas puras; luego de unos minutos de investigación, dio con el lugar ideal, un sitio llamado "Club Neón", estaba segura de que sería una gran noche; tomó las llaves de su convertible rojo, para ir rumbo al Neón.

Había vuelto y se moría por robar un par de corazones, en el mal sentido de la palabra obviamente. Llegó al establecimiento alrededor de las 11 de la noche, inspeccionó el área en busca de la persona perfecta, hasta que sus ojos se cruzaron con los suyos; era un joven de unos 17 años, se le veía un tanto incómodo, no se sentía nada a gusto en el lugar. Aíma pudo sentir que era el indicado, sin vicios ni bajas pasiones; un alma limpia todavía; del tipo que le gustaba recibir a su padre y al bicho raro de Kurde, por un momento lamento que él terminase en sus manos, pues toparse con esa cosa era algo que no le deseaba a nadie.

—Hola—soltó la pelirroja con una amplia sonrisa, sentándose junto a al joven de ojos marrones y cabellera azabache. Le miró nervioso, como si yo fuera un ser irreal.

— Hoo... la— logró decir, su rostro se veía apenado.

— ¿Qué te parece si vamos a otro lugar? —susurró a su oído, poniéndose tan cerca de él, que pudo sentir su respiración entrecortada.

Le extendió su mano, invitándole a tomar su oferta; el joven no dudo en aceptarla y salieron rápido, corriendo como un par de amantes en fuga. Llegaron a un callejón cercano, lo empujó contra la pared con premura, sintió sus manos recorriéndole la cintura con desesperación; ella deslizó las suyas lentamente, desde su abdomen hasta su pecho.

—Eres un sueño—susurró dulcemente. Extasiado por el dulce aroma que emanaba de su piel, tentándole a tocarla e instándole a poseerla por complete.

—Quizás sea una pesadilla—suspiró tristemente. Estaba a punto de atacarlo, pero su mano empezó a arder al tiempo que un cúmulo de voces invadieron su cabeza:

«*Para, No tienes que hacer esto*»

«*No lo hagas Aíma*»

Las voces eran cada vez más fuertes, tanto que perdió el equilibrio, cayendo al piso estrepitosamente, El joven a su lado le decía algo, pero no le pudo entender, había una tormenta en mi cabeza. Imágenes confusas danzaban y luego lo vio, era Daniel, se encontraba al otro extremo del callejón; vestía completamente de negro, su mirada era fría, y sus brazos estaban cruzados sobre su pecho, al percatarse de que lo observaban se acercó lentamente, lo envolvía una luz radiante, tanto que Aíma tuvo que cerrar los ojos, debido al dolor que le ocasionaba.

— ¿Por qué lo haces? Siempre fuiste tú—resopló adolorida, sentirse débil dañaba su ego. Él se limitó a sonreír mientras limpiaba la sangre que brotaba de los ojos de ella, ver a un ángel era considerado un castigo que se pagaba con la vida.

—No puedes ganarme, ríndete cariño—soltó en un tono dulce pero sexy. Aíma negó y el resopló cansado—. No dolerá lo prometo, será igual que dormirse—le tentó sutilmente. La mano de la pelirroja ardía al igual que sus ojos, se esforzó lo más que pudo hasta que un chorro de fuego brotó de su mano izquierda; pero él lo detuvo con un rayo de luz azul, sin siquiera inmutarse—. Quiero que sea rápido, debes aceptar tu destino, no deseo herirte innecesariamente, ¿acéptalo sí? —le ofreció amablemente.

Daniel era fuerte, de eso no cabía la menor duda, pero Aíma no se rendía ante nada y aunque el dolor se incrementaba por todo su cuerpo no aceptaría su oferta de una muerte rápida, pero sin honor; él se le acercó más, para inclinarse frente a ella, esperando su rendición, pero en cuando la pelirroja lo tuvo a solo unos centímetros de distancia, aprovechó para clavarle la daga que escondía en su bota.

La sangre empezó a brotar lentamente de su pecho, el rubio sonrió tristemente, como un cachorro golpeado por su dueño, pero no mostró signos de ira o rencor, solamente decepción. El ángel se limitó a desaparecer entre destellos y luces blancas, ella supo que la herida que le provocó sanaría rápido, así que debería prepararse para cuando regresase, porque seguro volvería fortalecido; el mundo se volvió un lugar cruel ante sus ojos, donde ángeles y demonios danzaban ante una sonata sangrienta, en la cual ambos lados eran capaces de cometer actos sanguinarios en por de aquello que creían correcto.

«La subestime, creí que sería fácil como siempre, pero no fue así. Ahora me encuentro herido, por pensar tan estúpido de subestimarla, la verdad no creí que me atacara, reconozco maldad que emana de su ser, pero cuando la miro, no puedo creer que sea capaz de cosas tan terribles. Entiendo que su padre es el demonio del asesinato y que eso la convierte en su sucesora, aún así cuando observo rostro tan dulce me hace dudar. Todavía recuerdo cuando la vi por primera vez, estaba ayudando a una niñita perdida en el centro comercial, no había nadie mirándola, pero ella la ayudó de todas formas, por eso me niego a creer que no exista otra manera de terminar esto. La herida que me propinó es profunda, pero no muy grave, de seguro el gen del asesinato en sus venas es capaz de cosas peores, aunque creo que no deseaba matarme» pensó Daniel recostado sobre una azotea, dejándose acariciar por la brisa nocturna.

Aíma yacía en el oscuro callejón, un dolor increíblemente fuerte azotaba su cuerpo sin piedad, era incapaz de manejar hasta su casa, tomó la decisión de transportarse; casi nunca lo hacía debido a la energía que consumía, pero en su situación sería necesario. Bastó menos de un minuto para aparecer en el umbral de su casa, el dolor incrementaba apoderándose de su cuerpo, la ropa que vestía se encontraba teñida por la sangre, creando una ironía.

Se despojó de las prendas inservibles para adentrarse en el baño de la planta baja, aquel junto a la enorme chimenea; abrió el agua permitiendo que la bañera se llenara, por último, dejó a su cuerpo caer dentro, el agua le dio una dolorosa bienvenida, estiró la mano para tomar el frasco de jabón, derramó el líquido con olor a cerezas y en pocos segundos, miles de burbujas olorosas le rodearon; el dolor la venció de tal manera que sucumbió al sueño dentro del agua espumosa.

Al despertar se encontraba un tanto desorientada, desconocía el tiempo que había durado su siesta acuática; salió lentamente de la bañera, envolvió su cuerpo tembloroso en una gran toalla, una vez fuera del baño fijó la vista en el reloj que reposaba sobre la chimenea, marcaba las nueve de la noche, había dormí todo el día, soltó la toalla para enfocarse en sus heridas; la mayoría habían sanado por completo a excepción de la marca brillante en su mano.

— ¡Maldito Ángel! —vociferó enfadada. Se sentía estúpida, era tan obvio, las sensaciones extrañas producto de su cercanía; ¿cómo no lo había deducido antes? Subió a su habitación, desordenó el closet en busca de ropa deportiva, era consiente de pudo morir esa noche; por eso no permitiría que la encontraran nuevamente con la guardia baja, después de mucho rebuscar dio con un pantalón de lycra negra, tomó una camiseta purpura escondida bajo un par de sandalias y se vistió. Bajó hasta la sala, tomo el teléfono marcando ágilmente el número de Grutus o como todos le decían "el rey de las peleas en el inframundo". Un enorme y sanguinario demonio, uno de los mejores amigos de su padre.

—¿Qué demonios quieres? —soltó Grutos al contestar, su voz es áspera y ruda.

—Ser parte de tu grupo de entrenamiento—respondió la pelirroja firmemente, estaba dispuesta a lograr su cometido.

—¿Quieres ser uno de mis luchadores? —se burló sonoramente. —Eres muy débil para ellos. te destrozarían en menos de dos minutos, niña.

—Dudo que alguna de tus nenitas, pueda conmigo—escupió Aíma, un destello de ira se apoderó de su mirada.

— Mira quien lo dice, la niñita criada entre humanos.

— ¡Basta de tonterías! ¿Cuándo empezamos? —soltó decidida.

— ¡¿Quien dijo que acepté tu oferta?! —gritó fuertemente; provocando que a la pelirroja le dolieran los tímpanos.

— ¡Esto no es una petición! ¡Es una maldita orden! —chilló rabiosa, él le debía respeto y lo recodaría a las malas.

—No entreno niñas, sus huesos son frágiles—suspiró ruidosamente.

— ¿Acaso te da miedo que le gane a tus musculosos? —le retó, intentando molestarlo.

— ¿Miedo? ¡Nunca! Te veo dos horas, niña—añadió colgando el teléfono.

Un calor atroz azotó el cuerpo de Aíma, el aire dentro del gimnasio de Grutos resultaba cálido y agobiante, era igual que encontrarse dentro de un horno; el infierno no debía estar gélido, ¿cierto? Las paredes color escarlata eran relucientes, aunque rusticas a la vez. Pesas enormes yacían sobre un estante de mármol, diez sacos de boxeo pendían del rocoso techo y en el centro descansaba un cuadrilátero con antorchas de fuego en cada esquina, luciendo diseños antiguos.

—¿Admirando el lugar? —resopló Grutos, su voz salió fuerte y firme

—Algo así—respondió ella, apartándose un mechón de cabello que obstruía su visión.

Grutus era un ser enorme, su altura rozaba los dos metros y medio, tenía la piel tan oscura como la noche; su torso tan corpulento daba la impresión de que podría partir a alguien a la mitad con solo emplear sus manos, de hecho, se rumoraba que le hacía eso a sus enemigos, ofenderlo era igual que ganarse un ticket para visitar una carnicería, obviamente ellos serían la carne molida, de eso no había duda.

—Tengo reglas, escúchalas, porque no me gusta repetir—añadió sin humor. —Primero debes hacer algo con ese cabello tuyo, no quiero mechones rodando por tu cara—le reprochó y ella asintió—, segundo, debes entender que mi palabra es ley, lo que yo diga se cumple—Aíma hizo una mueca de disgusto, Grutus sonrió—tercera y última, yo mando aquí, niña. Si aceptas bien, si no te puedes largar por donde viniste—agregó bruscamente.

—Acepto—respondió la pelirroja con determinación, atando su cabello en un moño alto, estilo de una bailarina de ballet. Lo primero que le ordenaron fue patear un saco de boxeo; lo golpeó varias veces sin fallar.

—Lo haces mal—refunfuñó Grutus

— ¡No he fallado! —se defendió molesta.

—No estás aquí para hacerle el amor al saco—soltó con sorna—, sino para matarlo—continuó diciendo y lanzó una patada que desprendió el saco del techo, haciéndolo volar sobre sus cabezas, para luego destrozarse con el impacto de la caída, liberando su contenido. Aíma entendió que, aunque sabía luchar, nunca tuvo una batalla cuerpo a cuerpo porque siempre recurría a sus poderes.

Grutus le hizo comprender su falta de experiencia, él quería hacerla capaz de destrozar a sus adversarios empleando su fuerza corporal, evitando por completo el uso de poderes demoníacos. El entrenamiento era fuerte, extremadamente doloroso, su piel se encontraba cubierta de moretones y quemaduras, a pesar de eso debía admitir que ese tiempo en el infierno le fortaleció, ahora tenía un abdomen resistente, brazos fuertes y bien definidos. Ya no poseía el delicado cuerpo de una niñita común, tres meses le cambiaron de una forma que nunca imaginó, bien decían que todo esfuerzo traía recompensas.

—Soy genial—se jactó Grutus, mirando a la pelirroja con satisfacción

—Y a mí que me dejas, ¿toda la gloria es para ti? —se quejé

—Eras un asco, admítelo, Aíma.

—La lucha no era mi fuerte, pero eso no me resta méritos.

—Eres fuerte gracias a mí, niña—dijo Grutus dándole una palmadita en el hombro y desapareció. Quizás la Aíma antigua era débil, pero ya no más, así que más le valía al cielo prepararse, porque estaba dispuesta a hacerlo sangrar.

Sucesos inesperados

Desde que empezó a entrenar no se le permitió poner un pie fuera del inframundo, por eso había abandonado por completo su morada, aunque le fuese difícil de admitir extrañaba su cama suave y llena de cojines, era un demonio claro, pero eso significaba no le gustaba la buena vida. Abrió la puerta, respiró el aroma conocido de su hogar y encendió la luz,

—Te amo—suspiró, la declaración era dirigida a su residencia. La sala increíblemente hermosa le daba la bienvenida, estaba pintada de purpura, acompañada de un juego de recibo, del mismo color y una mesita de cristal fino, que combina perfectamente, con las diversas ventanas vidrio que le rodeaban. Le gustaba lo frágil, porque se podía destruir fácilmente. Subió las escaleras que daban a las habitaciones, eran ocho en total, aunque solamente una estaba en uso, la suya.

—Dame solo una noche, por favor—el tentador susurro fue acompañado de un beso robado, primero suave y luego feroz, una mezcla de amor y deseo.

—¿Desde cuándo usas el por favor, Kólas<u>i</u>? —murmuró, adivinando el nombre del intruso.

—Te extraño—soltó acariciándole el rostro suavemente, para luego depositar un pequeño beso en su cuello, mirándome como si no existiera nadie más en el mundo, aunque eso era una mentira.

—¿Qué dirían en el inframundo si se enteran que ruegas por sexo? —musitó la pelirroja con una sonrisa maliciosa.

—No me importa lo que digan, te quiero a ti, para siempre nena.

— ¿Eh? —titubeó y mirando por la ventana, la noche apenas comenzaba, sabía que no le convenía, pero deseaba sentir su piel.

—Será como tú quieras—prometió y una sonrisa se dibujó en los labios de Aíma. Lo tomó por el cuello de la camisa, se la rasgó con malicia.

Sus cuerpos chocaron contra la enorme puerta de vidrio que daba al balcón, las manos del joven se introdujeron bajo su camiseta, jugueteando con sus pezones, trató de quitársela, pero ella se lo impidió, le empujó contra la cama. Él se deshizo sus pantalones, su bóxer le dieron una antesala de lo que vendría, Aíma desvistió lentamente para provocarlo y excitarlo más; hasta quedar en ropa interior, se cernió sobre él, sobándose contra su miembro. Las manos de Kólasi se apresuraron en recorrer el cuerpo de la pelirroja mientras le besaba con deseo, usó su fuerza para quedar sobre ella, aprisionándola entre sus brazos ansiosos.

—Sabes que me gusta estar arriba—comentó con una sonrisa torcida, para posicionarse encima de él nuevamente. Se deshicieron de la poca ropa que los cubría, sucumbiendo ante la lujuria, hasta que el éxtasis de la pasión se hizo presente.

—Eres extraordinaria—susurró viniéndose dentro de ella.

—Lo sé—respondí sin modestia.

—¿Recuerdas la primera vez que estuvimos juntos? —soltó Kólasi revolviéndole el cabello.

— ¡Fue horrible! —chilló horrorizada.

—A mí me gustó—admitió sonriente—, tú y yo en mi automóvil, el día de tu cumpleaños número quince, justó en el frente de aquel colegio de señoritas—recordó y su sonrisa se ensanchó.

—Las monjas nunca se enteraron—Aíma soltó una risita.

—Es mi día favorito—suspiró y ella levantó la cabeza para mirar su rostro.

—Eres un mentiroso, fue un caos. Nunca había estado con nadie y temblaba sin parar—admitió disgustada.

—Y justo por eso fue hermoso, porque pude ver un lado tuyo, que nadie más conoce. Nunca olvides, haría cualquier cosa en el mundo por ti—musitó y besó su frente, apreciando esos hermosos ojos verdes. La noche se le hizo corta y al levantarse, Aíma estaba sola, Kólasi se había ido. Una pequeña nota reposaba sobre la mesita de noche, la tomó entre sus manos y la leyó:

Lo sé, me matarás por lo que diré, pero al diablo con la vida. Sé que odias ser mitad humana, pero tengo que admitir que eso es lo que me encanta de ti, tienes la capacidad de sentir; no eres solo una máquina de matar; de seguro debes estar pensando en cortar mi cuello, de la manera más dolorosa, te conozco muy bien, nena, también sé lo mucho que te molesta, que digan que hay algo bueno en ti, pero lo hay.

Haría cualquier cosa por ti, nena, ¿lo sabes?

σ 'αγαπώd

La pelirroja lanzó una serie de maldiciones, en contra de Kólasi, debido a desagradable y cursi notita. Tomó una ducha de agua helada para disminuir su ira; se concentró en un enemigo, al que había descuidado un poco. Esa mañana el maldito ángel moriría. Se vistió para la ocasión, su atuendo era un short negro con cadenas doradas que caían por el lado derecho y top rojo estilo corsé, junto con unas botas de tacón fino.

La mejor forma de llamar a un ángel que escuchó alguna vez, era matar; por eso crearía un infierno en la tierra, Se dirigió al centro de la ciudad; manipuló los semáforos; haciéndolos enloquecen, ocasionando así múltiples choques. Avanzo entre los autos, con una gran sonrisa en sus labios, observó unos hidrantes y aumentó la presión del agua, para que estallasen, creando un caos. Caminó un par de calles más, hasta un par de delincuentes, se atravesaron en su camino.

—Ven acá, mamita—escupió un hombre, con aspecto grotesco, su ropa estaba cubiertas de sangre, que por cierto no provenía de él. Le acompañaba otro hombre de condiciones similares a las suyas. La pelirroja los miró provocativamente y les hizo señas, para que entraran a un callejón cercano.

—Eres una chica mala, ¿cierto? —añadió él horrible hombre, de su cuerpo emanaba un fuerte aroma a licor.

—Más de lo que piensas—respondió maliciosamente. El hombre de mirada libidinosa trató de acercársele, pero antes de que puediera tocarle, la pelirroja le partió el cuello, su acompañante, la miró asustado; trató de huir, pero fue alcanzado por una bola de fuego, que lo incineró rápidamente, hasta convertirlo en una pila de cenizas.

— ¡Para ya! —gritó Daniel a su espalda.

—Al fin llegas, tengo rato esperándote—soltó con tono casual.

— ¡Los mataste! —gritó aterrado.

— ¿Por qué te preocupas? Eran una escoria. Le hice un bien a la humanidad, deberías agradecérmelo.

—Eran seres humanos—insistió una mirada triste.

—Tenían el infierno asegurado, te lo digo yo, que sé muy bien de esos temas.

— ¿Qué quieres? —preguntó Daniel fastidiado.

—Tenemos asuntos pendientes, ángel—susurró a su oído

—No puedes acabar conmigo, Aíma—suspiró sin humor.

—Me subestimas. El último que lo hizo termino sin ojos, ¿quieres ser el próximo?

—No tienes que matar—dijo serenamente.

—Basta de tanta charla. Te quiero ver sangrar—escupió lanzándole una bola de fuego, él la esquiva y esta va a dar justo en el muro.

—No quiero hacer esto, pero tú me obligas, cariño—agregó con un movimiento de la mano. Una ola de dolor invadió el cuerpo de la joven pelirroja. No debía ceder ante el dolor, si lo hacía estaría acabada—. Entiende, tienes mi marca y una vez que la portas, no puedes escapar—le aseguró. Ella luchaba contra el dolor, se obligó a caminar, estaba cerca de él, podía respirar el grato aroma de su piel. dejó que sus uñas crecieran, las iba a clavar en el cuello del rubio, pero unos pasos la detuvieron. Tenían compañía.

— ¿Pediste refuerzos? —comentó Daniel sin alterarse.

—No necesito ayuda para asesinarte, ángel—respondió indignada.

— ¡Lárguense trio de sanguijuelas, tengo trabajo! —gritó a los inoportunos demonios.

—Nosotros también, maldita sangre sucia—escupió Vladimir arrojando una bola de fuego en su dirección, pero Daniel la evaporó en el aire

— ¡Es una traidora! —chilló Toby aterrado.

—Cállate, nenita llorona—agregó la pelirroja. Toby sacó una ballesta, su mirada lucía macabra, sus ojos azules y cabello rubio, enmarcaban una sonrisa sádica; lanzó una flecha hacia Daniel, pero la atrapé con mis manos antes de que le tocara, no le daría el gusto de asesinarlo.

—Gracias—susurró Daniel.

—No agradezcas—soltó Aíma—. Si alguien va a matarle seré yo, bastardos. Lárguense o aténganse a las consecuencias.

—El infierno ya no te protege y nosotros terminaremos contigo—señaló Vladimir lleno de odio—. Hoy morirás.

— ¿Y quién me va a matar? ¿Tú y tus nenitas? —respondió con sorna

— ¡Cállate sucia perra! —chilló James.

— ¡Oh James! Hasta que hablas, creía que las ratas te habían cortado la lengua—agregó entre risas

— ¡Eres una maldita! —chilló con un acento francés.

— Sí, lo soy y me encanta—señaló la pelirroja con una amplia sonrisa

—No deben continuar—interviene Daniel, con ínfulas pacifistas.

— ¡Cierra la boca! No es tu problema, ángel—dije cansada de tanta charla patética.

—Podríamos hacer rostizado de ángel—propuso Toby.

—Nadie va a tocarle un cabello. Él me las debe y si alguien lo va a matar soy yo—amenacé firmemente. Mis ojos se estaban tornando rojos, necesitaba que esto terminara de una vez.

—Primero con ella y luego con el otro—ordenó Vladimir a sus acompañantes. El rubio y el castaño, arrojaron llamaradas de fuego, en pocos segundos estaban rodeados. Las llamas eran intensas, Aíma sentía como si su piel se estuviera derritiendo; Daniel estaba pálido, perdía fuerza a cada segundo, todo esto a causa del fuego demoniaco. La pelirroja recordó lo que su padre solía decir cuando empezó a entrenarle.

—*Solo es fuego, Aíma*—*comentaba mi padre, mientras yo miraba las llamas, que se acercaban a mí, sentía el calor quemando mi rostro; en aquel entonces tenía seis años.*

—*Tócalo*—*decía él entusiasmado, pero yo tenía miedo.*

—*No puede dañarte. Nosotros somos fuego; somos parte del infierno y el fuego no puede dañarnos. Somos los demonios más poderosos del universo*—*agrego mientras extendía su mano a través del fuego, hasta acariciar mi rostro.*

—*Lo ves*—*dijo dulcemente.*

—Somos fuego—susurró sofocada, por el calor de las llamas que le rodeaban, encerrándolos en un pentagrama, Daniel le miró con desgano.

— ¡Somos fuego! —logró gritar, con un poco más de fuerza y atravesó las llamas sin quemarme. —Hola nenitas—dijo al trio de demonios. Sus miradas estaban llenas de sorpresa—. Te enviaré a hacerle compañía a tus ojos, Vlad—añadió sonriendo con malicia; Toby se colocó frente a Vladimir; ya que el otro no podía ver; aunque sus otros sentidos funcionaban a la perfección. —Mala elección, querido—señaló, mientras miraba a Toby, que empezaba a quemarse; sus gritos eran terroríficos. Sonrió sádicamente, regocijándose ante la incineración provocada, no tenía nada en su contra, pero eligió el lado equivocado.

—Aíma—susurró Daniel débilmente; la mención de su nombre le distrajo. Miró a Daniel, seguía atrapado en el pentagrama de fuego; sentado en el piso. Lucía realmente mal, la pelirroja sabía que se arrepentiría más tarde, pero lo hizo de todas formas; manipuló el fuego con un poco de su fuego hasta abrir un camino entre las llamas, le sujetó, por la cintura para ayudarle a salir de su encierro con premura.

—Gracias—murmuró dejando caer su cabeza en el hombro de la joven.

—No agradezcas ángel, pronto te mataré—cantó dulcemente; Vladimir y James aprovecharon ese momento de debilidad para escapar; pero pronto morirán, nadie trataba de matarle y vivía para contarlo.

σ 'αγαπώd: Te amo en griego.

Amargos secretos

*«Señor, las tristezas no se hicieron para las bestias,
sino para los hombres; pero si los hombres las sienten
demasiado, se vuelven bestias».*
—**Miguel de Cervantes**—

— ¿Dónde estamos? —le Aíma preguntó a Daniel, quien aprovechándose de su cercanía la transportó fuera del callejón.

—En un lugar seguro. Necesitaba curarme—respondió dulcemente.

Se encontraban en un enorme departamento, las paredes estaban pintadas de marfil; en cada una de ellas colgaba un espejo redondo, sábanas de seda blanca pendían del techo de cristal y grandes vitrales, permitían que el sol iluminara cada rincón. La pelirroja se sentó sobre un sillón de terciopelo blanco, con pequeñas plumas bordadas con hilo dorado. Le miró mientras se quitaba la camisa, tenía varias quemaduras, que iban desde sus brazos hasta su abdomen; las tocó con sus manos, de estas brotó una luz blanca, que pasó cerrándolas; hasta desaparecerlas por completo, como si nunca hubieran existido.

—¿Impresionada o solo eres curiosa? —preguntó mientras se ponía una camisa limpia.

—Yo también puedo curarme—le recordó.

—Lo sé, Aíma y también sé que no necesitas matar a más personas.

— ¡Basta ya! Soy un demonio, matamos humanos por placer; ¿no lo entiendes?

—No es cierto—suspiró Daniel cansado.

—Lo es, lo disfruto mucho. ¡Me encanta ver como se retuercen! ¡Ver sus caras implorando piedad! Amo hacerlo, nadie me obliga—admitió. Daniel se veía perturbado, sin duda le afectaron sus palabras.

— ¡También eres humana! Tu madre lo era, ¿acaso eres incapaz de sentir un poco de humanidad? —señaló Daniel disgustado.

— ¡Basta! —gritó iracunda.

—Es cierto, físicamente eran muy parecidas; aunque si estuviera viva, moriría de dolor al ver tus actos —añadió Daniel, sus palabras no eran groseras, pero dolían con mil bofetadas.

— ¡Cállate ángel! —chilló para callarle. Estaba a un paso de perder el control; sus ojos tenían destellos rojos, no pudo controlarse más y le empujó contra uno de los ventanales, el cristal se fragmentó en mil pedazos; vidrios volar en todas direcciones. Ella miró por el agujero del ventanal, tratando de encontrar a Daniel.

—Aquí estoy, cariño—comentó Daniel, posando su mano sobre el hombro derecho de la pelirroja.

— ¡Idiota! —bramó quitándose su mano de encima.

—¿Preocupada cielito? —bromeó él reconstruyendo el ventanal, hasta dejarlo exactamente igual.

—Solo comprobaba tu muerte—respondió sin inmutarse.

—Tú madre te amaba, Aíma. Yo la conocí, su cabellera era tan roja, como la tuya; en verdad te le pareces—aseguró él.

— ¡Era una tonta! ¡Fue demasiado imbécil! Una niña tonta que se metió con un demonio, por eso está muerta—respondió enojada. Nunca en vida había hablado de ella y no pensaba hacerlo con su enemigo.

— ¡No era una tonta! Era una jovencita inocente y buena; siempre supo que darte a luz le costaría la vida viviría, pero aún así, te quería. Era tanto su amor que no le importo morir, por ti, recuerdo que su nombre era Nadia; significa la esperanza, es ruso.

— ¿Sabes lo que significa mi nombre? —preguntó y él asintió—. Significa sangre, es griego, mi padre me lo puso, ¿sabes por qué? Yo asesiné a mi madre a sangre fría, le rompí las entrañas con mis uñas, desgarré su vientre desde adentro, lo hice para nacer, ¿aún crees que hay bondad en mí, ángel? Soy una asesina, desde antes de pisar este mundo, una bestia salvaje—añadió con malicia.

—No fue tu culpa, no sabías lo que hacías—le defendió con una mirada amable.

—En ese entonces no, pero mi naturaleza es asesinar. Nos vemos pronto ángel, ten pesadillas conmigo—susurró y desapareció, era demasiado para ella.

Llegó a su casa, se senté en el borde de la cama. Claro que lo recordaba, siempre lo sintió; su madre estaba asustada, pero siempre le cantaba tranquilizarla; nunca se lo contó a nadie, ¿quizás ella la amaba? Pero la había matado, en su mente estaba grabado el día de su nacimiento, mis manos cubiertas por vísceras y sangre, el abrazo firme de su padre, mientras susurraba la palabra Aíma en su oído, escogió ese nombre, porque yo estaba bañada de sangre. Llevó las rodillas hasta su pecho y les abrazó fuertemente. Ese maldito ángel no tenía el derecho de remover sus heridas; ¿fue ganaba con ello? Dejó que las lágrimas brotaran sin control; lloró tanto, hasta quedarse dormida.

La mañana hizo acto de presencia, los potentes rayos del sol, maltrataron sus cansados ojos, estaba en posición fetal, agotada y desaliñada. Parpadeó enfocándose en el reloj que reposaba sobre mesita de noche, eran las siete de la mañana, a pesar de dormir tanto, se sentía terriblemente cansada, los recuerdos solamente servían para dañar de eso estaba segura.

— ¡Maldito seas ángel! —gritó mirando el techo de la habitación, no sabía si podía escucharle, pero quería que supiera el odio que sentía.

Se levantó de la cama casi por inercia, observó su rostro en el espejo, la imagen que le me devolvió era terrible, su rostro sumamente pálido, ojos rojos e hinchados. Era todo lo que siempre odió, un ser humano, capaz de ser dañado fácilmente. Fui directo a la ducha, lancé la ropa a un rincón, para luego incinerarla con una bola de fuego. No deseaba recordar las palabras de Daniel.

Kovat se encontraba en el infierno, sentado en una silla de terciopelo rojo, bebiendo un whisky en las rocas, su cabello castaño caía en ondas, hasta su mentón y una barba en forma de candado acentuaba sus rasgos, era una criatura tan apuesta, como malvada. Su descanso fue interrumpido por dos figuras algo asustadas, que aparecieron frente a él. Vladimir y James.

—Hasta que aparecen. ¿Acaso se escondían? —señaló Kovat fríamente

—No era así, mi señor—contestó James con una reverencia.

— ¿Seguro? Mandé a tres de mis supuestamente mejores discípulos y regresan dos, eso sin mencionar la apariencia que traen. ¿Pudieron cumplir la misión? ¿O fracasaron ante una niñata?

— ¡Había un ángel con ella! —soltó Vladimir a la defensiva.

— ¿Un ángel? ¡Por un maldito ángel no pudiste matar a una niña estúpida! Son tan incompetentes, debería matarlos y quedarme con esa mocosa mortal, porque a simple vista es más eficaz que ustedes—bramó Kovat lleno de rabia.

— ¡Nosotros somos más fuertes que ella! —gruñó Vladimir asqueado.

—Ella morirá, mi señor—añadió James confiado.

—Les conviene que sea así, porque de lo contrario, ¡los mataré a ustedes dos por ineptos! —añadió Kovat enfurecido.

Mientras acontecía la discusión demoníaca entre los muros del infierno; la tierra se preparaba para presenciar un peligroso y poco común encuentro. Era un hermoso día soleado, las hojas secas rodaban por un pequeño parque natural, una jovencita de rizos dorados se encontraba sentada en una banca junto al lago, alimentando a los patos que nadaban allí.

— ¡Hasta que te dignas a llegar! —comentó irritada.

—Para ser un ángel, tienes un carácter de los mil demonios, mi solecito—añadió Kólasi con una amplia sonrisa.

— ¿Se supone que es divertido? —soltó ella con sarcasmo

—Lo es, mi pequeña—señaló él, rosando su delicada nariz.

—He existido más que tú—suspiró cansada—, te equivocas en el uso de tus palabras—aseguró la joven con frialdad.

— ¡Rayos! A veces olvido que eres más vieja que mi tatarabuela. No puedo evitarlo, tienes la apariencia de una niña de catorce años.

—Juventud eterna, es cosa de ángeles—susurró serenamente.

—Creo que es cosa de muertos—musitó él, Sunshine lo miró con odio, era increíble como un rostro tan bello podía generar una mirada tan atroz, sus bonitos ojos azules parecían un par de piedras preciosas, tan hermosos y carentes de sentimientos.

— ¡Basta de tonterías! ¡Esto no es un juego! La guerra está por comenzar, debes decidir, ¿de qué lado vas a estar, Kólasi? ¿Estarás con nosotros o con ellos? —Sunshine alzó la voz, su rostro se veía serio, al igual que las preguntas que formuló.

—Con ustedes lo sabes—respondió sin dudar.

—Las cosas empeoran y antes de lo esperado se desatará un infierno en la tierra. Nosotros intervendremos—soltó la joven genuinamente preocupada.

—Soy leal Sunshine, pero tengo una condición para ayudarte.

— ¡¿Condición?! ¡¿Acaso no entiendes lo que pasa?! El fin de mundo se acerca, si no actuamos pronto no quedará nada—chilló la rubia indignada. —No estamos jugando, o nos sirves por convicción o te largas—le dio un ultimátum.

—Me obligas a desconfiar—señaló él—. Conoces mis razones para estar de tu lado. No quiero que dañes a Aíma, sé que le hiciste una marca celestial, la vi. Déjala fuera de esto y juro que te seguiré al mismo infierno, si me lo pides.

— ¡Yo no la marque! ¡Es tu culpa que ella se interponga en nuestros planes!

— ¡No la toques o acabaré contigo! —amenazó Kólasi,

—Tú vas a acabar conmigo, ¿en serio? —se burló Sunshine, una sonrisa siniestra se pintó en sus delicados labios. Con un leve gesto de la mano provocó que Kólasi se retorciera de dolor, tanto era su sufrimiento que rodaba por el piso, justo a los pies de ella. — Ser un ángel, no es sinónimo de debilidad, sino todo lo contrario. No puedes conmigo, yo soy más fuerte, cariño—aseguró ella, inmune a su dolor, el rostro se le notaba sereno, sin duda no sentía empatía por el dolor que causaba. Sonrió con satisfacción y con un giro de su mano le libró del sufrimiento. Kólasi trató de ponerse de pie, pero fracasó, se limitó a enfocarse en la mirada de la rubia, tan bella y ausente de sentimientos.

—Me necesitas, lo sabes—logró articular Kólasi

. —No aceptamos negociaciones, lo sabes. Limítate a segur nuestras órdenes—le recordó—, nadie es indispensable, me gustaría que estuvieras de nuestro lado, pero de no ser así, tendré que eliminarte y lo haré sin remordimiento—añadió la rubia suavizando su voz. Desapareció dentro de un pequeño remolino, el cual hizo que las hojas caídas danzaran por un breve momento.

«A veces siento envidia de los humanos, ellos tienen la capacidad de sentir, de querer e intentan superar todos los retos que se les interponen en el camino» pensó Kólasi, observando las hojas danzar. Sunshine poseía un carácter verdaderamente endemoniado, sus intenciones eran buenas., él lo sabía, era una de las razones por las que aceptó su trato, habían pasado unos años, pero aún recordaba la primera vez que la vio.

Italia tres años atrás...

Estaba en un bar, detectando almas puras, para la lista de padre, entonces pude verla, ella llevaba puesto un vestido de color rosado, que resaltaba su larga cabellera rubia. Su alma era tan pura, eso sin duda atrajo mi atención, no acostumbraba poner en niños en la lista, puesto que tenía principios, generalmente eran mayores de 16, pero la curiosidad que sentía era tan grande, que me llevo hasta el punto de sentarme a su lado.

—Hola—dijo ella con una amplia sonrisa, su voz salió tan dulce, como una caricia.

—Hola—saludé—, ¿no te parece un lugar inapropiado para una niña? —añadí recalcando lo inusual de su presencia.

—Nadie me hará daño—contestó con tranquilidad, su voz dulce y serena me golpeó nuevamente.

—En el mundo existe más maldad de la que piensas pequeña—le advertí

—Lo sé, pero también más bondad de la que crees—aseguró ella rápidamente.

— ¿Dónde están tus padres? —le pregunté, sin duda ese no era el lugar correcto para ella.

—Pues, digamos que mi padre me envió a cumplir un deseo suyo—suspiró resignada—. Y yo soy una hija obediente.

—Eso no está bien. ¿Qué clase de hombre ruin es tu padre? ¿Quieres que te lleve a un lugar seguro? Té cuidaré —insistí preocupado y ella comenzó a reír.

—Ven conmigo—susurró y me tomó de las manos, su piel era pálida pero cálida. En un parpadeo, nuestro lugar de encuentro cambió, lo siguiente que supe era que estábamos en Venecia; navegando sobre una góndola. No sabía que pasaba, sin duda yo no lo había hecho.

—Fui yo—dijo ella con tranquilidad, como si leyera mis pensamientos—. Vengo para ayudarte, lo prometo.

—¿Te envió Ölüm? —dije rápidamente.

— ¡Ese bastardo jamás se preocupará por tu bienestar! Yo le sirvo a alguien mejor. Mi padre es el rey del universo, el único que todo lo puede.

— ¿Qué quieres? Es tu padre el jefe de inframundo—solté mientras una punzada de miedo invadía mi ser.

—Eres un poco lento, ¿no te lo han dicho antes? Mi padre es Dios, el único y poderoso—confesó serenamente. Una ola de terror recorrió mi cuerpo, ¿Dios? No eso era imposible, él no se presentaba a los de nuestra clase.

—Tranquilízate—suspiró la rubia, deslizando los dedos por el agua que les rodeaba—, mi padre no quiere matarte, sino todo lo contrario. Quiere que formes parte de nosotros, que nos ayudes en una sangrienta e inevitable batalla, la cual se realizará en un futuro no muy lejano.

—Soy un demonio—le recordé.

—Lo sé, ¿pero no deseas otro tipo de vida? Piénsalo, mi padre te ofrece la eternidad, yo te juro que será tan bueno como lo desees. Si decides unírtenos llámame, soy Sunshine, invócame y yo iré a donde estés. Es una promesa celestial, además puedo ser una excelente amiga—agregó ella y desapareció, dejándome solo y confundido en esa góndola.

Entre ese momento y la próxima vez que se reunió con ella pasó mucho tiempo, le restó importancia a ese encuentro, pero las cosas que pasaron le hicieron cambiar de opinión; Aíma acababa de cumplir dieciséis años cuando contactó a Sunshine, lo hizo al sentir que la perdía, la frialdad en su mirada y la crueldad de sus actos le incitaron. Era el siniestro títere de Ölüm, dispuesta a hacer cualquier cosa por un padre que solo le utilizaba como un arma de lujo. Aceptó su propuesta por orgullo, odiaba que Aíma quisiera más a su padre.

La visita de la muerte

«Como un mar, alrededor de la soleada isla de la vida,
la muerte canta noche y día su canción sin fin».
—***Rabindranath Tagore***—

A pesar del caos que se apoderaba de su vida Aíma debía continuar su fachada, así que en contra de sus deseos volvería al colegio, de lo contrario alguien tendría la brillante idea de aparecer en su casa, para comprobar su estado de salud, puesto que los humanos eran increíblemente metiches. Se puso el uniforme, los lentes y para terminar ató su cabello en una cola alta.

—Que empiece el show—susurró ante el espejo, bajó las escaleras, llamó un taxi, era tarde y el transporte le había dejado. En cuanto llegó el taxi se subió de inmediato, fue directo al colegio. Al llegar a su destino se encaminó al aula de química, al entrar se topó con Daniel, ¿deseaba que lo matara frente a todos? Ganas de hacerlo no le faltan; él le miró y sonrió, con esa sonrisa de niño bonito, incrementando las ganas de estrangularlo. ¿Cómo podía sonreír en toda ocasión? Ese tonto ángel con cara de niño bonito siempre la ponía de malas, era más fácil lidiar con insultos que con amables sonrisitas.

— ¿Acaso tienes ganas de morir? —siseó tomando asiento junto Daniel. Era la única en toda la clase sin un compañero de laboratorio y el nuevo tenía que sentarse junto a su lado, era el colmo de la mala suerte.

—Guarda las apariencias, no serías capaz de dañarme, delante de tantos testigos, papi Ölüm lo reprobaría—susurró confiado y volvió a sonreír. Si no paraba de hacer esa estúpida sonrisa, terminaría por mandar todo al demonio.

—No me tientes ángel, no me hago responsable de mis actos, suelen decir que soy algo insensata—escupió con desagrado.

— ¡Estaba tan preocupada por ti! —interrumpió Camila eufóricamente y le abrazó.

—Tranquila, solo era un virus, estoy bien—mintió.

— ¿Segura? —preguntó inspeccionando su rostro, luego sonrió tímidamente—. Estas perfecta—enfatizó.

—Lo estoy—aseguró firmemente, la joven le abrazó nuevamente, despidiéndose, para ir a su asiento. Camila era como su amiga del colegio, una buena persona, lo que significaba que algún día terminaría dañándole, sucedía siempre de ese modo, se rodeaban de buenos para volverlos malos, por así decirlo. Ella era de tez blanca, con cabello castaño claro y poseedora de unos ojos marrones que enmarcan su joven rostro; una joven inocente, ignorante de la maldad que habitaba a su alrededor.

—Muy linda tú amiga—soltó Daniel.

— ¿Te gusta, ángel? Pensaba que los de tu especie eran impotentes, ya sabes eso de vivir en santidad—respondió tratando de sonar inocente.

—Eres insufrible, ¿sabías? —bufó con desagrado.

—Adorablemente malvada—susurró con una sonrisa siniestra. Daniel se limitó a ignorarla, posando sus ojos en la ventana. El profesor entró y como era de esperar, la clase comenzó, para Aíma era sumamente aburrida, pero fingió interés.

Las horas transcurrieron lentamente, en cuanto terminó el horario escolar la pelirroja se levantó lo más rápido posible, corrió escaleras abajo, necesitaba trasportarse o su fachada se iría al infierno. Apareció en la sala de su casa, subió por las escaleras de caracol y entro a su habitación, Daniel le había provocado adrede, le incitó a agredirlo en público. Mantener esa doble vida le costó tanto; tuvo que vivir en internados desde los seis años, después instaló en hermosa, aunque solitaria casa, donde estaba completamente sola, todo lo hizo para mantener un lugar estratégico entre los humanos, así nadie sospecharía de ella.

Se recostó sobre la cama; por alguna extraña razón se encontraba increíblemente agotada, tanto que sus ojos se cerraban solos, bastaron unos segundos para que cayera en un sueño profundo. Las pesadillas se apoderaron de ella, sombras negras danzaban alrededor de su cuerpo, sintió un fuerte dolor alrededor del cuello y el aire comenzó a faltarle, se estaba ahogando.

Se despertó repentinamente, descubriendo al invasor; por instinto le arrojó una bola de fuego, enfocó su furiosa mirada sobre él, se preparó para atacarle nuevamente, esta vez lanzó una llamarada en su contra, enviándole contra la ventana, el impacto partió el cristal en miles de pedazos. El intruso al vacío, cayendo sobre la grama recién cortada, se incorporó rápidamente, aunque no contaba, pero la pelirroja le atrapó en un círculo de fuego.

— ¡Que demonios te pasa! ¡Intentaste matarme! ¡Eres un desgraciado, Kevin! —gritó Aíma con dificultad, le costaba hablar por las profundas heridas en su cuello.

—Eres una verdadera molestia, muñeca—contestó irritado; era un hombre joven, no aparentaba más de 22 años, su cuerpo musculoso lucía algo bronceado, pero combinaba perfectamente con su cabellera azabache y un flequillo rebelde descalzaba sobre su ojo izquierdo, dejando ver solo uno de sus almendrados ojos.

— ¡¿Por eso me ibas a matar?! ¡Eres un maldito cobarde, me atacaste dormida! —chilló enojada.

—Me ocasionas molestias en el trabajo, pequeña muñequita—soltó Kevin de mala gana.

— ¡Oh claro! ¿La muerte se irritó porque no le dejo tener vacaciones?

—Déjame salir, Aíma—suspiró cansado.

— ¿Si no lo hago me matarás? —se burló la joven.

—Piensa en los vecinos, se aterrarán, pensaran que intentas quemar a tu novio en el jardín—fingió interés por ella.

—No te preocupes por ellos, duermen como bebés—siseó segura.

—No sabes lo que se acerca, Aíma lo lamento, pero mi deber es velar por las almas. Me conoces bien—insistió para que lo dejara irse.

—Si se pudiera asesinar a la muerte, te juro que estarías en el infierno—señaló mientras se sentaba en el césped, para verlo mejor.

— ¿Piensas encerrarme eternamente? —preguntó aburrido.

—Buena idea—comentó la pelirroja con una sonrisa torcida. Las horas pasaban y Aíma continuaba mirándole, seguía atrapado entre las llamas. Después de maldecirla hasta el cansancio, se rindió, sentándose sobre el césped. — ¿Quién te mando? —preguntó curiosa, sabía que no era su forma de actuar.

— ¡Nadie! —chilló disgustado—fue mi idea, muñeca.

—Buena combinación, cobarde y mentiroso, por eso te llaman "el ángel de la muerte", ese que por ineptitud nunca pudo obtener el título de ángel y se limitó a recoger la basura—soltó con saña, Kevin le miró con. La pelirroja se levantó para volver a su hogar, las horas pasaron rápidamente, el reloj marcaba las tres de la madrugada, el clima se tornó frío, Aíma miró entre los restos de su ventana, Kevin seguía entre las llamas, no podían dañarlo, pero le impedían salir. Lo conoció el día en que nació él siempre se encontraba cerca de las personas que estaban por morir.

Era igual que un guía, quien te conducía en tu último viaje, sin importar si el destino era el cielo o el infierno. Aíma sabía que era un egocéntrico descarado, pero él le contó una vez que la muerte no podía matar por su propia mano, solo era un acompañante, que velaba el camino de las almas. Suspiró cansada, le ardía el cuello, se miró al espejo para inspeccionarlo, una marca roja le rodeaba piel; le había quemado profundamente, si no despertaba, le hubiese matado, miró nuevamente en su dirección, pero esta vez con rabia. Kevin seguía atrapado entre las llamas, con la mirada en la grama, lucía igual que un pequeño regañado; en cuanto el reloj marcó las cuatro con quince, una poderosa tormenta invadió el lugar, la lluvia azotaba todo a su alrededor, incluso las llamas que encarcelaban a Kevin, por lo que ya ese encuentra libre.

—Adiós, muñequita—soltó Kevin, desvaneciéndose entre la lluvia.

—Nos vemos pronto, Kevin—soltó Aíma, porque, aunque no lo viera, sabía que podía escucharla.

La pelirroja subió nuevamente a su cama, permitiéndose dormir sin temores, tenía un enemigo más, pero le conocía tan bien como para saber que no le atacaría dos veces en el mismo día; él no era así, lo hizo por petición alguien, era la única opción válida, no le conocía a nadie tan cercano como para que se arriesgase, nunca se mancharía las manos por alguien que no le importase.

Kevin apareció en una hermosa cascada, las aguas cristalinas se rodeaban de tulipanes silvestres. Esa mujer acabaría con su vida, lo sabía, pero ya estaba muerto, quizás por eso se adentraba en sus jueguitos retorcido, esa belleza retorcida le tentaba, ella, la sombra de la dulce joven que conoció años atrás.

— ¡Eres un imbécil! —señaló Sunshine, sin quitar la vista de un tulipán rojo.

—No soy tu sicario personal, niñita. ¿Por qué no me ayudaste a salir de allí? —le recriminó Kevin disgustado, sacudiéndose la ropa empapada por la lluvia.

— ¿Quién piensas que mando la lluvia? ¡Fui yo idiota! ¿La muerte no puede matar? ¡Qué triste ironía! —se burló la rubia, sus rizos dorados descansaban sobre su espalda.

— ¡No debí hacerte caso! ¡Eres una víbora desleal! —chilló enojado y luego desapareció

— ¡Si no fuera por mí seguirías allá abajo Kevin! —gritó la rubia con una amplia sonrisa. —Agradéceme, mi vida—soltó esas palabras para herir a Kevin, era su castigo por fallar en algo tan fácil, por lo visto a los hombres les costaba matar niñas bonitas.

El cielo no es como los humanos piensan, no se vive sobre nubes esponjosas, en verdad es un lugar parecido a la tierra, solo que en él no reina la maldad, solo la paz y serenidad, «*mi lugar favorito desde que soy una criatura celestial, es la cascada, me gusta mirar el agua caer, con tanta fineza y belleza*» pensó Sunshine sentándose en el borde de una roca, para luego sumergir sus pies en el agua; todos le consideraban un ángel despiadado y cruel, ¿pero ¿qué sabían ellos? Ni siquiera conocían las razones por las que llegó a ese puesto. Fue hace cuatrocientos cincuenta años y aún lo recodaba a la perfección.

Tenía dieciséis años, todo era nuevo y desconocido para mí, una humilde, aunque feliz aldeana, hasta ese fatídico día en que los piratas atacaron nuestro pueblo, mataron y violaron sin piedad a quienes se cruzaban en su camino. Asesinaron a mis padres e incendiaron nuestra, miré toda la escena, mientras yacía bajo mi cama, me forcé a no llorar, de hacerlo me encontrarían. El fuego se asomaba desde la puerta, amenazando con quemarlo todo, logré escapar por una ventana pequeña ventana, que estaba sobre el armario, respiré profundamente al tocar el piso exterior, ya estaba fuera de ese infierno. escuché el llanto de mi hermanita Sky, seguía dentro de la casa en llamas, tan solo contaba ocho años; entré a las llamas sin dudarlo, llegué hasta Sky quien abrazaba una muñeca de trapo, sus ojos verdes parecías un océano, de tantas lágrimas que derramaba y su cabello negro, estaba pegado a su rostro, debido a la humedad del mismo.

Le ayudé a salir y nos encaminamos al bosque, pero el humo era demasiado fuerte y mis pulmones débiles, la abracé mientras el aire me abandonaba, hasta que morí asfixiada al pie de un árbol, con ella en mis brazos, mirando nuestra casa arder desde lo lejos; por lo menos ella estaba bien. Eso era suficiente para mí, lo siguiente que recuerdo, es una luz cegadora y cuando pude abrir los ojos nuevamente, me encontraba aquí, en cielo, donde vigilé y cuidé a mi hermana; hasta que un maldito día, se encontró con un demonio, que le tentó y llevó al lado oscuro; hizo que le vendiera su alma, la condenó al infierno, a sufrir eternamente.

Ese era origen de su crueldad. Jamás dañaría a un inocente, pero, ¿por qué debería tener compasión por un demonio? Lo único que hacen es acabar con lo bueno del mundo, destruyendo las frágiles almas. Cuando empezó el reclutamiento de nephilims se ofreció como voluntaria para escoger aliados. Ellos poseían una parte demoniaca, eso ras cierto, pero en el fondo, también eran humanos, y si lograba que una pequeña gota de humanidad brotara en sus almas la aprovecharía en nuestro favor; pero si le traicionaban, los destruiría. Los ángeles malvados, pero estaban destinados a destruir el mal que infectaba el mundo. Si el precio que debía pagar era ser considerada cruel y despiadada, lo aceptaría con honor, una batalla no se ganaba sintiendo lástima, sino peleando por un ideal, por lo correcto; por eso nunca se daría por vencida.

Almas condenadas

«El alma se coloca en el cuerpo como un diamante en bruto,
y debe ser pulida, o el brillo nunca aparecerá».

—Daniel Defoe—

Aíma yacía en su cama, pensando seriamente que el mundo tenía un complot en su contra. ¿Sería algún juego sádico para ver quién destruía? De ser así, sabía cómo terminaría, entre sus intenciones no estaba morir pronto y si le buscaban le iban a encontrar. El timbre de la puerta la sacó de sus teorías, era raro, apenas el reloj marcaba las siete de la mañana, sin contar el hecho de que era sábado, ¿quién demonios madrugaba un sábado? Se levantó de la cama, salió de la habitación, bajó las escaleras encaminándose a la puerta, se acercó al ojo mágico, quedando inmóvil por la sorpresa. Ellas tres, justo del otro lado, solamente les separaba un pequeño trozo de madera.

— ¡Abre la puerta! ¡Sé que estás ahí maldita perra! —cantó una rubia desde afuera.

—No podrás escapar de nosotras, perrita—canturrearon las dos castañas junto a ella.

— ¡Malditas bastardas del infierno! —chilló Aíma al abrir la puerta, las tres jóvenes tenían sonrisas maliciosas y entonces se abalanzaron sobre su cuerpo, haciéndole caer al piso.

Eran sus amigas de la infancia; las únicas en ganarse ese título, Sua era la mayor, aunque la más baja de todas, su piel lucía algo broceada, llevaba su lacia cabellera castaña la altura de los hombros, le seguía Marie, ella le ganaba en estatura a todas, tendría un metro setenta, su tez era clara, sus cabellos poseían un tono castaño oscuro y caían en suaves ondas, hasta rodear su pequeña cintura; por último estaba Boa, la rubia de su inestable grupo, de estatura similar a Marie, pero unos centímetros menos, sus ojos tenían un tono azul claro, portaba una larga cabellera, lacia en la parte superior y rizada en las puntas.

— ¿Qué demonios hacen aquí? — preguntó mientras se las quitaba de encima, en un intento por levantarse del suelo.

—Visitarte—soltó Boa y girando los ojos.

— ¿No deberían estar viajando por el mundo? En busca de almas inocentes, para corromperles—preguntó Aíma desconcertada.

—Nuestros padres, pidieron nuestra presencia—respondió Marie sentándose en el sofá.

— ¿Pidieron? Eso sueno como si tuviéramos elección, ellos nos ordenaron venir—comentó Sua con molestia.

—No dejaremos piedra sobre piedra— añadió Boa con clara felicidad—será divertido estar juntas de nuevo.

—Te extrañé—comentó Sua, abrazando a Aíma desde atrás.

—Cursi—escupió Marie y le lanzó uno de los cojines apilados en la alfombra, Sua la ignoró.

— ¡¿Cuándo llegaron?! — preguntó la pelirroja emocionada.

—Recién nos bajábamos del avión, tuvimos la suerte de encontramos en el aeropuerto. Yo estaba en Italia creando el caos, Marie vacacionaba en Rusia, encargándose de crear discordia entre un par de sexys hermanos y Boa estrenando sus nuevos atributos en Las Vegas—explicó acomodándose a su lado.

—Tenía tanto tiempo sin saber de ustedes, trio de zorras.

—Desde la cumbre en Suecia, creo—agregó Marie. —Así que prepárate princesa del asesinato, porque hoy será nuestra noche—finalizó con un toque de malicia. Kólasi apareció en medio de la sala de estar, su cara dejaba a la vista su sorpresa, no imaginó ver a esas inesperadas visitas.

— ¡Hola señoritas! ¿Preparan una conspiración? —bromeó Kólasi sonriendo.

—Cada vez que te veo, me dan ganas de comerte—ronroneó Boa, acercándosele tanto, que sus labios casi se tocaban.

— ¡Cuidado Víbora infernal! Lo mío no se toca—le advirtió Aíma.

—Tranquila. Solamente lo quiero un ratito y luego te lo devuelvo —aseguró la rubia, poniendo las manos alrededor del cuello de Kólasi.

— ¡Basta! No comparto mis juguetes —siseó la pelirroja disgustada.

—No veo tú nombre grabado en ninguna parte —soltó Boa a la defensiva.

— ¿Ah no? Permíteme enseñártelo, mi querida —susurró Aíma dulcemente. — ¡Extiende tu brazo derecho! — le ordenó a Kólasi; él le miró confundido—. ¡Hazlo, es una orden! —gritó nuevamente y él obedeció, tomó su brazo firmemente, deslizó una navaja ágilmente por el mismo—. Aquí está —le dijo a Boa, acababa de marcar su nombre en la piel del joven, la palabra Aíma resplandecía entre pequeñas gotas de sangre.

—Deberías irte, sería inconveniente tener que informarle al demonio de la lujuria, sobre un baño de sangre, generado por tu culpa —comentó Marie de manera elegante. Él desapareció.

— ¡Eres muy temperamental! ¿Sabes lo difícil que es estar con un demonio o nephilims en estos días? ¡Es casi imposible! Yo solo he estado con humanos y son unos animales, pero no en el buen sentido —argumentó Boa con desagrado, dejándose caer en el sofá, junto a Marie.

—Puedes acostarte con quien quieras Boa, pero no con mis juguetes, ¿entiendes, nena? —respondió Aíma y la rubia hizo un puchero, una clara señal de desagrado.

—Tranquila Boa, pronto encontrarás un demonio para ti —le consoló Marie.

—Eso lo dices tú porque te acuestas con Cassius —soltó Boa, recostándose en el sofá.

— ¿Cassius? ¿Te follas sexo al señor "yo dirijo el infierno"? Nunca lo imaginé —soltó la pelirroja asombrada.

—Llevamos un tiempo, casi nadie lo sabe, debido a mi origen—recordó la castaña con tristeza. Boa le acarició el cabello, para animarla.

— ¡Trabajamos duramente y para el infierno, somos menos que el personal de limpieza! —agregó Sua con rabia.

—Cierto—susurró Boa herida—. Por el hecho de ser nephilims, los demonios de sangre pura se creen con el derecho de tratarnos como escoria—resopló ocultando su rostro tras su dorada cabellera.

Las cuatro jóvenes hablaron durante muchas, nos perdiéndose en actualizaciones, bromas y tequila. El tiempo voló tanto que la luna se asomó en el firmamento. Se alistaron para crear el caos en la ciudad, habían transcurrido demasiadas lunas, desde la última salida que tuvieron juntas.

—Utiliza tacones altos Sua, sabes que los hombres los aman, aunque muchos no lo admitan—aseguró Boa.

—Los hacen babearse como idiotas—soltó Marie entre risas.

—También los escotes—señaló Aíma.

— ¡Oh sí! Escotes, tacones, maquillaje. Es la combinación perfecta. Yo los amo—respondió la rubia, sonriendo ampliamente.

— ¿Qué amas Aíma? —siseó Sua tras la pelirroja.

—El gusto que el rostro de los humanos, al descubrir que morirán sangrientamente —le respondió alegremente, ajustándose un top ceñido.

—Eres sádica, amiga—agregó Marie asqueada.

—Es la hija del demonio del asesinato—suspiró Sua resignada. Boa y Marie asintieron—. Somos la reencarnación de los pecados de nuestros padres—añadió subiendo el cierre de sus botas, que le llegaban hasta las rodillas.

— ¿Preparadas para el Caos? —preguntó Aíma animada.

— ¡Que tiemble la tierra, es nuestra noche! —respondieron las tres al unísono.

Salieron rumbo a un bar de moda, uno de los más populares, *"tentando al deseo"*. Marie manejaba esa noche, lo hacía como una desquiciada, sin duda sus modales europeos solo relucían al hablar, amaba que la consideraran una dama. Su madre fue una cantante inglesa y ella trataba de imitarle. ¿Sería qué los ingleses no respetan las señales de tránsito? Porque Marie no lo hacía.

— ¡Nos vas a matar! —gritó Sua, al tiempo de que Marie frenaba bruscamente. Estuvo a punto de chocar.

— ¡Eso estuvo cerca! —exclamó Marie, riendo desquiciada.

— ¿Acaso transportas arena? —gruñó Boa, la rubia se había golpeado con el cristal, debido a la brusca maniobra.

—Recuerda que no te encuentras en una pista de carreras, de seguir así, al único lugar que llegaremos será a la morgue—soltó la pelirroja, tratando de sonar calmada. Marie asintió.

Fue un milagro llegar al bar en una sola pieza, Boa casi besó el piso al bajar del automóvil, dedicándole una mirada de odio a Marie, quien se limitó a sonreír. El ambiente se encontraba cargado de alcohol, humo de cigarrillos y diversas drogas. Los pecados que representaban comenzaron a surgir, era un efecto natural, provocado por el ambiente que les rodeaba.

— ¡Bye zorras! —escupió Boa dirigiéndose a la barra, para buscar a su próxima presa. Un fornido joven de tez clara y ojos miel, quedó embobado al verla.

—Señoras y señores, con ustedes Boa Wirtman, la encantadora de hombres—bromeó Sua en tono solemne, pero al final, no pudo contener la risa. Marie revisó el ambiente, como un águila en busca de su presa; sus ojos se posaron sobre una pareja, que se besaban apasionadamente.

Marie se despidió haciendo una reverencia; para sentarse en una mesa cercana a sus víctimas; repentinamente la mujer que momentos atrás se veía enamorada, empezó a gritar y le propinó una bofetada a su compañero, para luego abandonarle. Marie la hija del demonio de la ira, un sentimiento capaz de destruir todo a su paso.

— ¿No piensas trabajar? —preguntó Aíma a Sua, quién se veía distraída

— ¿Eh? Si claro—dudó forzando una sonrisa. Caminó al centro de la pista. Ella era la encargada de la envidia.

La pelirroja al quedarse sola posó los ojos en un joven, él estaba sentado en una de las mesas del fondo, caminó en su dirección, él le observaba con dudas y no se decidía en hablarle; Aíma salió con clara tristeza en su rostro, pero no pasó mucho antes de que él le siguiera, su táctica había funcionado.

—Es una noche fría, ¿qué haces afuera? —dijo el joven a su espalda, ella se giró para verlo, sus ojos eran hermosos, un azul tan cristalino, era una verdadera lástima, que dejaran de existir.

—Necesitaba un poco de aire—susurró la pelirroja—. Pero lo que encontré fue mucho mejor—mintió descaradamente. El joven se sonrojó. El bar tras ellos se invadió de gritos, las botellas se estrellaban contra el piso, sin duda era obra de Marie.

— ¿Qué sucede? —preguntó el chico, dándose la vuelta, para volver al bar.

— ¿Quédate conmigo? —rogó Aíma sujetándole la mano, sus miradas se encontraron y él la acercó a su cuerpo, uniendo sus labios en un beso desesperado. Ella hizo sus uñas crecer, no se podía tocar el cielo sin conocer el infierno.

—Me enciendes—musitó el ojiazul entre besos.

—Lo siento—se lamentó la joven, le atravesó el pecho con la mano y extrajo su corazón, el cuerpo se desplomo ante la ausencia de vida. —Es una lástima no ver más nunca esos bonitos ojos, pero hay cosas que no fueron hechas para la tierra—suspiró Aíma. Un dolor indescriptible y repentino invadió su cuerpo, sentía que trataban de sacarle las entrañas. El corazón resbaló de sus manos, sus rodillas temblaron provocando que cayera sobre el piso húmedo, en ese momento lo vio, otra vez era él. — ¡Maldito seas ángel! ¡Para ya! —gritó adolorida.

— ¿No entiendes, cariño? —resopló disgustado—. Lo que haces está mal, entiéndelo Aíma—suspiró Daniel con ternura, giró su mano, acto que le ocasionó un dolor insoportable a la pelirroja; hizo lo posible, para ignorar el dolor, le arrojó una bola de fuego, Daniel la esquivó, aunque una parte del fuego logró tocar su camisa. Y como si fuera poco, Kevin hizo acto de presencia también

. — ¿Ves lo dije, muñeca? ¡Eres un maldito dolor en el trasero! —escupió Kevin mirándole fijamente. Sus palabras eran rudas, pero en su semblante se le notaba agotado.

— ¡Eres un cobarde! —vociferó la pelirroja. Kevin se acercó, ella todavía seguía en el piso, producto del dolor que azotaba su cuerpo.

—Por lo menos, conmigo no te iba a doler—susurró Kevin a su oído con saña, deseaba lastimarla. Ella le arañó la mejilla izquierda. —¡Maldita zorra! —chilló llevándose las manos a la cara, Aíma soltó una risita. Él la sujetó bruscamente de ambos lados del rostro, ella no estaba segura si iba a golpearla o torturarla, pero no pudo saberlo, porque sus amigas salieron del bar en ese momento.

— ¿Acaso hay una reunión? —dijo Boa en tono sexy.

— ¡Atrás! —chilló Marie, percatándose de la situación. La castaña soltó un chillido atroz, provocando que los vidrios de los locales cercanos se quebraran. Kevin y Daniel se llevan las manos a los oídos.

Marie le ayudó a la pelirroja a levantarse, apoyando el peso de su amiga sobre sus hombros. Provocó que los hidrantes explotasen, creando un desastre en la zona. Las cuatro subieron al automóvil, la castaña manejó tan rápido que los cauchos casi no tocaban el asfalto, pero esta vez nadie se quejó por ello. Llegaron a casa de Aíma cinco minutos después. Las jóvenes estaban asustadas, aunque el caso de Marie era furia, como si deseara asesinar a alguien.

— ¿Qué pasó? —preguntó Sua confundida.

— ¡Eso eran un ángel y la muerte, en persona! —afirmó Marie furiosa.

— ¿Por qué un ángel estaría en ese lugar? —insistió Boa temblorosa.

—El mundo como lo conocemos, terminará pronto—admitió Marie, Cassius se lo había contado. —Ellos quieren limpiar la tierra, de nosotros. ¡Son unos malditos que nos atacan mientras estamos trabajando! —bramó Marie iracunda.

Traidores

«Hay puñales en las sonrisas de los hombres;
cuanto más cercanos son, más sangrientos».

—William Shakespeare—

Aíma estaba sentada al borde de su cama, lo ocurrido la noche anterior le molestaba, sentirse tan indefensa le repugnaba, le hacía recordar que de alguna forma era humana y por lo tanto vulnerable. Era doloroso admitir su debilidad, reconocer que podía ser dañada fácilmente. No culpaba a Daniel, él cumplía con su deber, eso lo respetaba, pero Kevin, le traicionó, lo conocía hace tanto, el ansiaba dañarla.

— ¿Se puede? —tocó Boa a la puerta.

—Entra, tonta—respondió la pelirroja sin demora.

—En verdad lo siento, mi cerebro nunca imaginó lo que sucedía—soltó desesperada y se sentó en el borde de la cama.

—Tranquila, no importa—admitió con sinceridad, su amiga no tenía la culpa de nada.

— ¡A Marie nunca le hubiese pasado! —exclamó, ocultando su rostro, tras la larga cabellera.

—Marie está acostumbrada a percibir los sentimientos. Recuerda la ira es peligrosa y ella también—le recordó Aíma y le dio un golpecito en la cabeza.

—Si se desata una batalla en el infierno, nos usarán como escudo—susurró llena de temor.

—Ellos no harían eso—bufó la pelirroja, ellas también formaban parte de infierno, no podían desecharlas de buenas a primeras.

—Sí lo harían y tú lo sabes bien—insistió la rubia firmemente.

—Tenemos que irnos—anunció Marie, mientras ella y Sua entraban a la habitación. Boa respiró, quitándose el cabello de su rostro para luego sonreír, como si nada pasara. — ¿Estarás bien sola?

—Si—respondió Aíma. La castaña asintió.

—Si necesitas ayuda invócanos—añadió Sua—. Siempre es bueno ver tu cara.

—Tranquilas, no soy una total inútil—se quejó Aíma disgustada, odiaba ser tratada como un ser débil.

—Nadie piensa que lo seas, pero allí estaban un ángel y la muerte; esa es una combinación que nadie querría enfrentar—agregó Marie.

—Estaré bien, Kevin es un idiota, y ese ángel no volverá, por hoy—soltó la pelirroja. Ellas se despidieron y luego se desvanecieron. La pelirroja entró al baño para lavarse la cara, dejó que el agua fría mojara su rostro adolorido. Levanto la mirada para contemplar su reflejo ante el espejo y entonces lo vio, estaba detrás de ella. Ambos rostros se reflejaban en el gran espejo, dos criaturas completamente diferentes, pero ante el espejo lucían bien juntos.

— ¡Qué maravilla! Intento de asesinato e invasión a la propiedad privada. Eso te convierte en un criminal—comentó Aíma sarcásticamente, volteándose encararlo.

— ¿Estás bien? —soltó Daniel.

— ¿Acaso te importa? ¡Ah claro! Necesitas saber si necesitas rematarme—se burló saliendo del baño.

—No te quería lastimar—susurró él con ternura.

—Si claro—escupió girando los ojos.

— ¡Lo que hiciste estaba mal! ¡Lo sabes! —se defendió.

— ¿Qué hice? ¿Matar? Soy una asesina del infierno, nací para asesinar, ¿acaso puedes cambiarlo? —gritó. Él negó con la cabeza.

—Yo no puedo cambiarlo—suspiró adentrándose en la habitación— pero tu si puedes, ¿te propongo un pacto?

— ¿Me quieres vender tu alma? —preguntó confundida.

—No es eso—negó fuertemente.

—Entonces, no me interesa—respondí la joven cruzándose de brazos.

—La marca que tienes en la mano, me ayuda a saber en qué lugar te encuentras; también me da la capacidad de hacerte daño, ya debes saberlo. Lo que quiero proponerte es sencillo, si dejas de asesinar inocentes, yo te la quitaré. Es un trato justo.

—Tentador, pero debo rechazar tu oferta. Yo vivo para matar ángel—respondió honestamente. El rostro de Daniel lucía triste, en el fondo pensaba que ella aceptaría su propuesta.

—Si cambias de opinión llámame y vendré—añadió antes de irse.

La nieve caía fuertemente sobre la inmensa montaña, dos seres caminaban sobre la inestable superficie congelada. Los pasos de la mujer eran firmen y confiados, mientras que al hombre se la dificultaba mantener el equilibrio.

— ¿No podías elegir otro lugar? —preguntó Kólasi, a quien los dientes le castañeaban por el frio.

— ¿Te hace daño el frio, dulzura? —comentó Sunshine con sorna y luego dejó salir una risita.

—No es gracioso—respondió él con una mueca de disgusto.

—Creo que ya fue demasiada charla de saludo. ¿Quiénes son esas nephilims? preguntó, ahora con tono serio.

—Son las hijas de los demonios encargados de la ira, envidia y lujuria.

— ¿Crees que puedas convencerlas de trabajar con nosotros?

—Sería muy arriesgado—soltó él.

— ¿Acaso les tienes miedo? —se burló Sunshine.

—Una palabra mal dicha frente a ellas, puede arruinarlo todo. Además, no creo que acepten.

—Entonces, tendrás que prepararte para matarlas y también a tu amante—le advirtió la rubia.

— ¡Basta Sunshine! ¡sácala de esto! —gritó Kólasi_y la sujetó por las muñecas, ella se soltó de su agarre sin dificultad.

—No la mataré, a menos que, en la batalla se encuentre del lado de nuestros enemigos, que pienso es lo más probable, porque no has podido convencerla de unírsenos—añadió Sunshine serenamente.

—¡No entiendes es difícil! Ella no aceptaría—resopló él.

—Entonces, procura encadenarla a una cama mientras se libra la batalla. Si se interpone en mi camino lo lamentará—agregó ella y desapareció, para luego aparecer justo al lado de Daniel.

— ¡Eres un imbécil! —escupió Sunshine mirando a Daniel; él se encontraba sentado, bajo la sombra de un árbol de maple.

—Visitar la tierra está dañando tú vocabulario—contestó él sin mirarle.

— ¡Por lo menos a mí no me arruinó el cerebro! —respondió ella disgustada.

— ¿De qué hablas Sun? —preguntó Daniel, subiendo la vista para mirarla.

—Como si no lo supieras—bufó Sunshine y luego lo pateó en la pantorrilla.

— ¡Hey! Si no me lo dices no lo sabré. No puedo leer tus pensamientos—se quejó el rubio.

—Por lo visto, tampoco piensas—agregó ella mientras se sentaba junto a él y recostó la cabeza en el tronco del enorme árbol.

—Hoy estas más odiosa que nunca—suspiró Daniel.

—Lo que haces te destruirá, ¿no lo entiendes? —añadió la rubia angustiada—, lo perderás todo, Dani.

—No he hecho nada, te preocupas sin razón—respondió él tranquilamente

— ¿Y entonces porque no la has matado? —insistió ella.

—Ella puede cambiar, lo sé—agregó esperanzado, dedicándole una mirada amable a su compañera.

—Espero que no cometas un error—suspiró tristemente. — Si se entromete en nuestros planes, la haré volar en miles de pedacitos y tú sabes que soy capaz de hacerlo—lo amenazó Sunshine, su voz era fría y su mirada feroz.

—No tendrás que llegar a eso. Te lo aseguro, recuerda, todos tenemos derecho a una segunda oportunidad—susurró él acariciando el rostro de la rubia.

—Mi problema no es que creas en segundas oportunidades, mi Dani, sino los sentimientos que tienes por ella. No quiero que caigas—admitió ella tristemente y Daniel la abrazó.

Después de todo los acontecimientos, visitas inesperadas e intentos de asesinato, Aíma necesitaba descansar, pretender, aunque sea por un día que su vida era diferente. Deseaba visitar a su tía Mavis, la casa en que ella vivía era especial; nunca entendió su estilo de vida, todo a su alrededor era tan mágicamente humano, pero sin perder sus raíces infernales, era una lástima encontrarse tan lejos.

— ¡Levántate Aíma! Tenemos junta en el infierno—ordenó Kólasi, acomodándose en la cama, junto a la pelirroja.

—Paso—respondió ella dándose la vuelta hacia el otro lado de la cama, provocando que su rojiza melena danzara.

— ¿Qué pasa? ¿Acaso tengo que cargarte para que te levantes? —se quejó él, estaba un tanto molesto.

—Inténtalo y eres demonio muerto—lo amenazó, no estaba de humor, lo único que deseaba era dormir y olvidar la desastrosa vida que llevaba.

—Levántate, La junta de hoy es importante. Estarán reunidos todos los servidores del infierno, sin excepción—comentó seriamente.

— ¿Todos? ¿Qué asunto es tan importante? —preguntó algo sorprendida.

—Se decidirán cosas importantes.

—Tu explicación es poco satisfactoria—bufó irritada—, pero comprobaré la importancia de tan magno acontecimiento—añadió levantándose de la cama.

—Tienes quince minutos—comentó Kólasi y desapareció.

— ¿Quince minutos? ¡Eres un maldito controlador! —chilló desde la entrada del baño. Tomó una ducha rápida y en cuando salió del baño vio a Kólasi sentado en el borde de la cama.

— ¡Es tarde! —comentó señalando el reloj en su muñeca, se notaba disgustado.

—Eres insufrible—murmuró arrojándole uno de los cojines, que estaban sobre un pequeño sofá. Él lo atrapó y lo lanzó de vuelta, dándole en la espalda de la pelirroja. Se puso un vestido purpura estilo corsé y unos botines negros.

— ¿Lista? —pregunto Kólasi claramente irritado.

—Si—respondió ella de mala gana, su mal genio le estaba empezando a molestar.

— ¡Al fin! Pensé que llegaríamos a limpiar—comentó él y le sujetó la mano bruscamente.

— ¡Imbécil! —se quejó la joven ofendida. Segundos después aparecieron en el infierno. Había mucho movimiento el lugar, abundaban los rostros nerviosos, como si presintieran que algo malo sucedería. Entraron a la sala de conferencias, tuvieron que sentarse en una de las mesas del final. porque todas las demás están ocupadas. El ambiente en la sala estaba pesado, las murmuraciones eran abundantes.

— ¡Te dije que debíamos llegar temprano! —refunfuño Kólasi, no pudo seguir quejándose, porque Cassius hizo acto de presencia y todos se levantaron, en señal de respeto.

—La traición, es lo único que el infierno no tolera. Los traidores deben ser condenados gravemente y les aseguro que yo mismo me encargaré de hacerlos pagar—comentó Cassius fríamente; un fuerte estruendo invadió la habitación. Las puertas se cerraron, de golpe; algunos de los asistentes estaban confundidos, otros lucían claramente preocupados.

Las miradas iban y venían de un lado a otro, en busca de una respuesta que pronto llegaría. Demonios vestidos con túnicas negras empezaron a rondar por la sala, se acercaron a una de las mesas del centro, uno de ellos tomó a una chica rubia por el cabello, debía tener como unos catorce años, la arrastraron a la tarima y obligaron a arrodillarse ante los pies de Cassius, otro de los seres con túnicas tiró a un joven de veinte años, lo empujaron justo al lado de la chica. El resto de las criaturas cubiertas con túnicas, rodearon a una demoniza, era bajita, con el pelo grisáceo, aparentaba unos sesenta años, la vieja se defendió ante el ataque y las criaturas le golpearon hasta dejarla inconsciente.

Las murmuraciones invadieron la sala, la preocupación, desconcierto e incertidumbre reinaron ante el caos presente. Kólasi sujetó la mano de Aíma bajo la mesa, ella le miró, percatándose de su semblante preocupado, él la apretó más fuerte, tanto que la joven tuvo que contenerse para no emitir un quejido, a pesar de ello el rubio nunca desvió la mirada de la tarima, estaba atento ante cada acción, esperando lo que sucedería ante sus ojos.

—Seguramente los presentes se preguntan, ¿qué hacen ellos acá arriba? —dijo Cassius haciendo una mueca de asco. —Bueno, se los diré. ¡Son unos traidores! Hemos descubierto que se encontraban colaborando con nuestros enemigos, fraguando un plan para derrocarnos—continuó con una sonrisa maliciosa. —Fueron tan ingenuos, pensaban que nunca serían descubiertos, pero a mí nunca se me escapa nada, ni nadie. Por eso sacaré la basura.

Tomó una espada la alzó sobre sí mismo, para luego cortar la cabeza de la rubia, posteriormente la del muchacho y al final terminó con la anciana. Limpió la espada con un pañuelo de seda gris y ordenó colocar las cabezas, en las mesas donde estaban sentados los ahora decapitados.

— ¡Este es el futuro que le espera a los traidores! ¡Me encargaré de cada uno de ellos! —bramó Cassius, abandonando la sala, la capa dorada que le cubría, se arrastraba tras él, como una cascada de oro que le abrazaba y seguía, envolviéndole por completo.

— ¡Estas a punto de arrancarme la mano! —se quejó Aíma.

—Lo siento—susurró liberándola de su agarre.

—No sientas pena por esos, solo eran unos sucios traidores.

— ¡Aquí están! —anunció Ölüm con una amplia sonrisa.

— ¡Padre! —gritó la pelirroja alegremente.

—Señor, ya nos íbamos—dijo Kólasi con tono solemne.

— ¿Por qué tanta prisa, hijo mío? Esta noche cenarán con nosotros—añadió Ölüm, sus deseos siempre eran órdenes.

— ¿Aquí? —preguntó Aíma sorprendida.

— ¡Claro querida! Será una cena a mi estilo—respondió él y le acarició la cabellera—. Tú padre también vendrá a cenar, mi muchacho—señaló Ölüm dirigiéndose a Kólasi. — ¡Será a las seis! Prepárense—agregó alegremente y continuó su camino

— ¿Qué demonios pasa contigo? —escupió la pelirroja, sujetando el rostro de Kólasi para obligarle a mirarla.

—Nada—murmuró entre dientes y trató de soltarse.

—Mientes. Te conozco desde el día en que nací y sé que me ocultas algo. Aunque no lo digas, sabes que lo averiguaré—aseguró ella dulcemente.

—No es nada, Aíma. Son tonterías, cosas sin sentido. No vale la pena hablar de eso—resopló él, pero ella sabía que seguía mintiéndole.

—Entonces, cambia esa cara. Te seguro que mi padre es capaz de torturarte si descubre que le mientes—le advirtió la joven.

«Aíma tiene razón. Tengo que fingir; después de lo que pasó empezarán a desconfiar de todos. Si me ven afectado, seré el próximo en perder la cabeza; pero me fue tan difícil observar como los mataban sin piedad; por un momento pensé que vendrían por mí y todo terminaría, tuve tanto miedo, pero no sucedió nada; sé que no debo bajar la guardia. Cualquier actitud sospechosa podría trazar esa pequeña diferencia entre la vida y la muerte. Sin duda no deseo morir así» pensó Kólasi.

—Infierno llamándote. ¿Dónde demonios andas? —dijo Aíma agitando las manos frente a su rostro. Sin duda no le estaba escuchando.

— ¿Que decías?

—Ves, te comportas demasiado raro, parece que estuvieras en otro lugar—admitió resignada.

—Me distraje un poco—aseguró el joven y la atrajo a su cuerpo

—Si claro—susurró irónicamente, haciendo una mueca.

— ¿Estas feliz? —preguntó, mientras sus dedos trazaban, un camino invisible por las mejillas de la pelirroja.

—No—bufó y cruzó los brazos enfadada, como una niña cuyos caprichos eran ignorados.

— ¿Por qué no estás danzando de alegría? Eso es muy raro en ti—señaló, dándole un golpecito en la nariz.

—No soy tonta—resopló disgustada—. Esa cena no es un acto desinteresado, además odio a tu padre y tenerlo cerca me pone de malas—admitió fríamente.

— ¿No sabía que lo odiabas? —soltó él, acariciándole un mechón de cabello que se empeñaba en cubrir sus ojos.

— ¡Es un imbécil! He respetado su vida, porque sé que te importa y en recuerdo a los buenos tiempos que compartimos. Solo por eso respira—aseguró con una sonrisa fingida.

«*Es raro el disgusto de Aíma hacía mi padre. No creo que se hayan visto mucho, ni siquiera yo he tenido contacto con él. Siempre he estado bajo el cuidado de Ölüm, él fue para mí más padre, que mi propio padre; aunque en el fondo sé que no siente afecto por nadie. Somos esclavos a los que dará gloria si lo hacen más respetable, pero si no, se deshará de nosotros sin remordimientos*» pensó Kólasi ante la confesión de Aíma.

Faltaban un par de minutos para la cena. Aíma sentía que tramaban algo, querían obtener algo, podía sentirlo. Entraron en un salón amplio, decorado con manteles de seda roja, las cortinas eran del mismo color, aunque poseían pequeños símbolos dorados bordados. En el espacioso lugar se encontraba una amplia mesa de roble, llena de una gran diversidad de alimentos, había tantos tipos de carnes, que podrían llenar una carnicería.

—Vítejte—les recibió Vrah. Se acercó a Kólasi y le dio un par de palmadas en la espalda, de manera afectuosa. Sonrió y trató de llegar a la pelirroja.

— ¡Dotkni se mě a zemřít! —soltó ella y el demonio retrocedió, dándose la vuelta para caminarse hasta la mesa.

—¿Desde cuando hablas checo? —musitó Kólasi a su oído.

— ¿No sabía que entendía checo? —respondió de manera evasiva.

—No sé hablarlo bien. Pero se cuando alguien lo habla, ¿qué le dijiste? —insistió él.

—Una gran verdad—aseguró, curvando mis labios en una pequeña sonrisa. Se sentaron a la mesa, los platillos fueron servidos por un par de niños demonio, sin duda los nuevos niños de acogida que tenía Ölüm. Trozos de cerdo, pavo, ganso, uvas, zarzamora y demás platillos fueron colocados ante sus platos. La cena transcurría tranquilamente, hasta que Ölüm alzó su copa, para hacer un brindis.

— ¡Brindemos por nuestros hijos! Porque hemos comprobado, que no son unos traidores—celebró él y bebió el contenido de su copa.

— ¿Cúal es el propósito de esta cena? —exigió Aíma una respuesta, levantándose del asiento.

— ¿Qué quieres decir? —preguntó Vrah levantando una ceja.

—No se te escapa una, mi amor—añadió Ölüm complacido.

—Tuve un gran maestro—escupió fríamente.

—Queríamos comprobar, que seguían fieles a los propósitos de nuestro bando—agregó Vrah mordiendo una cereza.

— ¡¿Has insinuado que somos traidores?! —chilló la pelirroja iracunda; golpeó la mesa con mi puño, haciendo que el licor se derramara.

—Tranquila cariño—susurró su padre relajado—, te puedes lastimar.

Una sonrisa maliciosa se dibujó en los sensuales labios de la pelirroja, quien tomaba un cuchillo de la mesa, giró sus dedos alrededor del utensilio, hasta envolverlo en fuego y lo arrojó en dirección a Vrah. El arma se clavó en su hombro izquierdo, provocando que soltara un grito de dolor, seguido de mil maldiciones, tras los intentos fallidos de sacarse el utensilio, pero el fuego le impedía hacerlo.

— ¡Sácamelo! —ordenó Vrah, haciendo una fea mueca de dolor.

—Los traidores no ayudamos al infierno—sonrió haciendo una reverencia, para luego tomar la mano de Kólasi y desaparecer, él no dijo nada, ante lo sucedido. Se transportaron hasta la residencia de la pelirroja, quien se encontraba furiosa por la ofensa. — ¡Son unos malditos! —gritó Aíma, arrojando una bola de fuego, que fue a dar en la pila de cojines que rodeaban una de las esquinas de la sala, estos se consumieron rápidamente, hasta convertirse en cenizas.

— ¿Lo querías matar? —preguntó Kólasi, rompiendo el tenso silencio. — ¿Te hubieras atrevido a hacerlo?

—Era una advertencia—soltó apretando lo puños fuertemente—. Ellos nos ofendieron, merecían un castigo y si, lo habría hecho, sería capaz de matar a cualquiera que me faltase el respeto, sin importar si llevase mi sangre o no.

— ¡Sácame el cuchillo de tu maldita hija! —gritó Vrah, Ölüm trataba de contener las risas.

—Va a doler—aseguró Ölüm levantándose de su silla. El cuchillo seguía envuelto en llamas. Ölüm lanzó una pequeña llamarada de fuego al hombro de Vrah, justo donde se encontraba el cuchillo, lo manipuló con su fuego, hasta sacarlo por completo. El utensilio dejó una marca profunda y grotesca.

— ¡Esa maldita quería matarme! —chilló Vrah mirando la herida.

—Te dije que era, un poco feroz—le recordó Ölüm.

— ¿Feroz? ¡Pensé que haría un berrinche! ¡Lo que hizo fue exagerado! —añadió Vrah alterado.

—Su pecado principal es el asesinato. Tienes suerte de respirar, mi amigo—dijo Ölüm serenamente

— ¡Es nephilims! No se supone que sean tan fuertes. ¿Crees que todos son así? —soltó Vrah, invadido por la preocupación.

—La entrené bien. Debo decir que ha sido mi mejor proyecto, nunca imaginé tal éxito, pero ella lleva el don del asesinato en sus venas, la prueba de ello, es la bóveda que he llenado con los miles de corazones que les ha sacado a sus víctimas.

—Se avecina una guerra, si los nephilims son como tu hija, nuestro panorama no es bueno—confesó Vrah temeroso.

—Hoy se cortaron cabezas porque nadie quiere ver a esos niños revelare. No te preocupes tanto, son como perritos, les acaricias la cabeza y das un premio, en recompensa ellos te amarán incondicionalmente—aseguró Ölüm tranquilamente.

—Siempre estuve en contra de los nephilims, pero era por su condición impura. Debo admitir, que siento asco de ligar mi sangre con la de una débil mortal—admitió Vrah sinceramente.

—Eres un viejo prejuicioso, A mí me sucede lo contrario, siempre me han gustado las mortales; no sé bien, pero el hecho de corromper almas inocentes. me excita demasiado—confesó Ölüm con una sonrisa sádica.

Vítejte: Bienvenidos, en checo.
Dotkni se mě a zemřít: Tócame y morirás, en checo.

Dolorosos engaños

El ambiente continuaba tenso, Aíma seguía sumamente alterada y deseosa de una pronta venganza, ese par se las pagarían, eso era seguro. Kólasi estaba un poco perturbado, sin duda no se sentía cómodo con la situación, puesto que sus lazos con ese par de hombres eran muy fuertes.

— ¿Puedo quedarme? —preguntó Kólasi, su tono era un tanto distante.

—Mi casa es tuya—se limitó a decir la pelirroja—. ¿No pensarás que te dejaré volver con esos idiotas? ¡Eso jamás! —añadió firmemente, mientras se sentaba en el sofá.

—Tomaré una ducha—soltó subiendo las escaleras.

—Puedes hacer lo que quieras. Puedes usar todo lo que hay aquí—aseguró amablemente.

— ¿Hasta a ti? —preguntó una sonrisa traviesa en el rostro y se giró para escuchar la respuesta.

—Sí, pero no me hagas molestar—contestó la pelirroja. Él sonrió nuevamente y continuó subiendo las escaleras.

Kólasi había sido parte de su vida, desde que la pelirroja tenía memoria. Lo conoció el día que nació; él la miró y sonrió, aunque en aquel entonces solo era un niño. Él siempre estuvo para ella; jugaban constantemente, en las noches solía contarle historias, antes de dormir. Cuando era un adolescente, siempre se las ingeniaba para colarse por su ventana, se quedaba acompañándola hasta que se dormía. Nunca se lo dijo a nadie, pero la razón por la que coleccionaba los corazones de sus víctimas como trofeo, se debía a él; recordó que solía leerle el cuento de Blancanieves, adoraba a la reina malvada, por eso decidió llevarse los corazones, como prueba de muerte. Ese era su pequeño secreto.

La joven tomó una ducha de agua fría, porque la caliente empeoraría su mal humor, dejó que el agua azotara su pálida piel; al terminar se envolvió en una toalla y subió a la habitación. Kólasi se encontraba recostado sobre la cama; últimamente había estado raro, ella podía notarlo, aunque él trataba de ocultarlo. Se dirigió al closet, saqué un pijama de color morado, que constaba de un short y una camiseta ligera.

— ¿Estás molesto? —preguntó la joven, acostándose a su lado.

—No—se limitó a contestar sin mirarla.

—Yo lo estoy y mucho. ¡Merecían ser decapitados! —soltó Aíma indignada.

—No lo harías—comentó entre risas.

— ¡Claro que lo haría! Me detuve, porque pensé que no me apoyarías—le aseguró.

— ¿Te importa lo que pienso? —preguntó sorprendido.

—Sé que para ti era una situación difícil; porque ambos son como tus padres, o algo así—dijo mientras jugaba con sus uñas.

—Sería una traición rebelarse contra ellos—susurró Kólasi con tristeza.

—Yo los decapitaría, y tú. ¿Qué harías? —comentó curiosa.

—Yo no quiero matarlos—aseguró él joven.

—Siempre he tenido una duda—musitó mirándolo a los ojos.

— ¿Cúal? —preguntó confundido.

— ¿Qué poderes tienes?

— ¿Mis poderes? —preguntó desconcertado.

—Sí, tienes que tener por lo menos uno, o si no, ¿cómo haces para matar? —insistió sentándose a horcadas sobre él.

—No me dedico a matar, eso lo haces tú—respondió, acariciándole la espalda.

— ¡Mientes! Yo sé que has matado, le sirves al demonio del asesinato—chilló e intentó alejarse de él, sabía que la engañaba.

—Los hago explotar—soltó, sosteniéndola por la cintura para evitar que cambiara de posición. — ¿Contenta, nena?

— ¿Igual que una bomba? —preguntó acariciándole el pecho.

—Ya verás, observa la puerta, nena—dijo él. La pelirroja fijó la vista en la puerta de la habitación. Kólasi movió las manos y la madera voló en miles de pedazos.

— ¿También puedes hacerlo con las personas?

—Podría, si quisiera—admitió—pero los derramamientos de sangre son tu estilo, no el mío.

—No sabía que los demonios tuvieran ese poder.

—No es un poder demoniaco. Lo heredé de mi madre; era una bruja—confesó él y le dio un golpecito en la frente.

—En el inframundo hay pocas brujas. ¿nunca escuché hablar de tu madre? —aseguró con certeza.

—Ella no vive en el inframundo, sino en la tierra—contesto él serenamente.

— ¿Cómo se llama? —preguntó por mera curiosidad.

—Phoebe—contestó él—. Duerme, fue un día duro y mañana tienes colegio—agregó cambiando el tema y se dio la vuelta, para quedar encima de ella, luego le dio un beso.

— ¿Quieres que cierre la boca? —dijo ofendida.

—La verdad sí. Pero también necesitas descansar. Duérmete nena; tenemos una vida entera para tus interrogatorios—respondió con una sonrisa triste.

—Seré una molestia eterna para ti—prometió la pelirroja atrayéndolo contra su cuerpo, porque sentía que el tiempo se acababa.

—Eso me hará muy feliz—susurró besándole el cuello.

Ella nunca le había preguntado por su madre; siempre pensó que estaba muerta o algo así, pero que residiera en la tierra; eso nunca lo hubiera adivinado, ¿Phoebe? Su curiosidad le incitaba a investigar. Probablemente no sería tan detestable como Vrah; a él deseaba matarlo desde que tenía solamente diez años; aún recordaba sus palabras hirientes. Fue el invierno que paso en la casa de campo de tía Mavis.

Estoy sentada en las escaleras mirando la nieve caer. El internado estaba de vacaciones por la temporada navideña y mi padre me había enviado, a casa de su hermana Mavis; ella también era un demonio, pero convivía frecuentemente con los mortales. Vrah se acercó, yo lo había visto una o dos veces en mi vida, siempre desde lejos. Me escudriñó con odio, recorriendo con su mirada cada centímetro de mi piel, me sentí desnuda ante su mirada lacerante.

—Sé lo que tienes en mente y eso nunca sucederá. Mi hijo jamás se juntaría con una sangre impura como tú. Aléjate de él, ¿No te has dado cuenta de que te trata bien por lástima? Eres una nephilim; él un demonio genuino. Tendrías mucha suerte, si alguna vez te mete en su cama; por cierto, lo haría porque sentiría pena, de lo regalada que eres—soltó Vrah lleno de asco.

No supe que decir, ni que hacer, solamente subí hasta el ático, cerré la puerta y me eché a llorar sobre un polvoriento sofá. Sus palabras fueron crueles, en ese momento entendí que lo odiaba, incluso más de lo que podría odiar a cualquier mortal. La palabra nephilim se volvió un insulto terrible y nunca más permití que me llamaran así. Un ser impuro, indigna del título de demonio; por ello me prometí que nunca más lloraría y que algún día sería más fuertes que todo el inframundo.

—Algún día te cortaré en miles de pedacitos, Vrah—susurró Aíma, recostando la cabeza sobre el pecho desnudo de Kólasi, quien dormía profundamente.

Ella aprendió a ser paciente, ocultando su dolor para si misma, lo tenía a su lado le había ganado a Vrah, Kólasi la deseaba eso lo sabía, pero a pesar de todo reconocía que no la amaba, jamás lo haría, pero eso ya no le importaba, lo usaría mientras pudiera y cuando su tiempo juntos acabase lo arrojaría lejos sin titubear, la vida consistía en eso tener, para luego soltar.

La noche reinaba en el infierno, los antiguos faroles que colgaban en la pared de piedra rustica, alumbran tenuemente a las tres figuras que se reunían ocultos por el manto de las tinieblas, aprovechando la oscuridad para no ser espiados, abrazando las sombras como abrazaban la maldad.

—¡Son unos imbéciles buenos para nada! —chilló Kovat iracundo.

—No es culpa nuestra—se defendió James.

—¿Que no es culpa de ustedes? ¡Entonces de quien es! ¿acaso es mi culpa? —gruñó Kovat en respuesta.

—Señor, tenemos un plan para asesinarla. No se preocupe, pronto estará muerta—aseguró Vladimir.

—Yo no estoy preocupado, ustedes deberían estarlo, porque si fallan nuevamente. No vivirán para contarlo—respondió Kovat y desapareció entre las tinieblas.

— ¿Qué plan ese Vlad? —pregunta James confundido.

—Ya verás. Con lo que tengo planeado esa tonta, vendrá directo a nosotros—comentó Vladimir con sonrisa maliciosa.

Kólasi se levantó sin hacer ruido, estaba muy preocupado por lo acontecido en el infierno, si Aíma o alguien más lo descubría, sería el final, *«Esta sospechando, eso es peligroso; aunque dudo que imagine lo que pasa. Iré al infierno, me aseguraré de que todo esté bien. Ocultarme creará dudas y no es un buen momento, porque las dudas podrían matarme»* pensó él, mientras se prepara para irse. Al llegar al inframundo todo se veía como de costumbre; cada quien hacía lo que le tocaba; los torturadores seguían encargándose del sufrimiento de los humanos, esos que fueron tan tontos como para vender su alma. ¿Acaso no comprendían que solo obtendrían sufrimiento?

—Dejaste de hacer el papel de niñera—comentó Vladimir, que se encontraba recostado de un muro.

— ¡Que gracioso! —respondió Kólasi con sarcasmo.

—Sabes que no miento. Te encuentras pegado a esa niña, desde que Ölüm la trajo.

—Y tú la has odiado desde ese momento—le reprochó Kólasi.

— ¿Cómo no hacerlo? Ella vino a destruirlo todo. Nosotros éramos los discípulos favoritos de Ölüm, seríamos sus herederos, pero desde su llegada todo cambió. Te volviste un niñero y yo me tuve que ir—le recordó Vladimir lleno de odio.

—No fue su culpa; Ölüm la escogió, porque llevaba su sangre. Contra eso ninguno de los dos podía competir, además nadie te echó, irte fue tu elección.

— ¡Es cierto, yo me fui! ¡No podía quedarme, para ser el sirviente de un bebé! ¡Ni siquiera es como nosotros! Lo único lamentable de mi decisión fue que me hizo perder a mi mejor amigo. ¡Eras un hermano para mí! Y me hiciste a un lado—bramó Vladimir con rabia.

—Te volviste cruel Vladimir.

—No, tú te volviste blando. Recuerdo que solíamos hacer maldades y culpar a otros—comentó Vladimir con melancolía.

—Todavía me gusta, pero ya no puedo hacerlo—admitió Kólasi y era verdad. Esa era una parte de él, aunque ya no lo hiciera le seguía atrayendo.

— ¿Qué te parece si vamos a las Vegas? Para recordar los buenos tiempos, hermano—propuso Vladimir en tono esperanzador.

— ¿Por qué las Vegas?

—Es la capital del pecado. El lugar perfecto para despejarse, ¿vienes? —insistió Vladimir.

—Por los viejos tiempos, mi hermano—accedió Kólasi gustoso.

—Será un día inolvidable—aseguró Vladimir mientras embozaba una gran sonrisa.

Verdades insondables

«Es fácil esquivar la lanza, mas no el puñal oculto».

—Proverbio chino—

Al levantarse Aíma miró el reloj, faltaba menos de media hora para que empezaran las clases. Tomó una ducha rápidamente, se puso el uniforme, recogió mi cabello en un moño alto, luego tomó mis lentes, junto con el bolso escolar y bajé las escaleras de dos en dos, no quería perder el bus nuevamente.

— ¡Justo a tiempo! —exclamó al ver el transporte del instituto acercándose. Se detuvo frente a su puerta y ella subió. Se sentó junto a una joven de segundo año, cuyo aspecto haría que cualquiera pensara que crucificaba gatitos; pero viendo más allá de lo exterior, su aura era luminosa. Tenía cabello negro a la altura del mentón, con las puntas teñidas de un azul, sobre el uniforme llevaba una chaqueta de color negro con calaveras, que le llegaba hasta las rodillas.

— ¡Mira Andrés! Los dos fenómenos reunidos—gritó Gustavo cuando él y su amigo pasaron junto a ellas Ambos rieron ante el comentario de mal gusto. Aíma se contuvo, pero pronto se las pagaría y vería la clase de fenómeno que era. El transporte se detuvo, Aíma bajo y alguien la tomó por el brazo bruscamente.

— ¿Qué quieres ángel? —suspiró al descubrir que era Daniel quien la sujetaba.

—Acompáñame, quiero ir a un lugar importante—respondió él serenamente.

—Lo siento, pero no soy guía de turistas. Suéltame la clase va comenzar —comentó tratando de soltarse.

—Me vas a acompañar, por las buenas o por las malas, cariño—aseguró Daniel seriamente.

— ¿Me vas a obligar? —se mofó soltando una carcajada.

—Tú lo pediste—murmuró él e hizo presión sobre la marca en su mano; una especie de corriente recorrió las venas de la pelirroja.

—Quisiste que fuera por las malas—susurró dulcemente a su oído. Ella trató de soltarse, pero le fue imposible, era como si su mano estuviera clavada a la de Daniel.

— ¡¿Qué demonios me hiciste?! —gritó entre molesta y asustada.

—No te podrás soltar, hasta que yo quiera que lo hagas, dulzura—admitió sonriendo.

— ¿Acaso es un secuestro?

—Te llevaré a un lugar, es importante para ambos—agregó secamente. Luego la obligó a caminar por el pasillo, rumbo al jardín trasero del colegio; se acercaron a un árbol enorme y lo siguiente que la pelirroja vio fue un antiguo cementerio.

—Lindo lugar—soltó Aíma mientras embozaba una sonrisa.

—Necesito que veas algo—anunció señalando una tumba, era de mármol blanco, un par de flores amarillas reposaban sobre la fría piedra. Ella se inclinó para mirar el epitafio; una extraña sensación recorrió su cuerpo. Sobre la tumba reposaba el siguiente escrito:

Nadia Stevens

Amada hija y hermana

Q.E.P.D

Tu luz se apagó, antes de que pudieras brillar en tu máximo esplendor.

— ¿Sabes quién era? —preguntó Daniel.

— ¿Algún familiar tuyo? —respondió mientras recorría el epitafio con los dedos.

—Es la tumba de tu madre—señaló sentándose, en el borde de la misma.

— ¿Cuál es tu plan? ¿Una reunión familiar? —soltó con indiferencia.

—No tengo ningún plan, pensé que te gustaría venir a conocer el lugar donde descansa su cuerpo—admitió arrancando una hierba rebelde.

—Son un montón de huesos, muchos de ellos rotos; te lo puedo asegurar si eso era todo. Tengo cosas importantes—dijo la pelirroja y desapareció. Decidió saltarse el colegio, fue directo a su casa y llegar le envié un texto a Kólasi.

¿Qué haces? Ven a mi casa, es importante.

Media hora después, todavía no le había contestado; así que le envió otro mensaje:

Debes estar creando una masacre, es lo único por lo que te perdonaría que me ignores.

Se puso un pijama azul marino de encaje y ordenó una pizza, se la llevaron luego de diez minutos, le pagó al repartidor, quien se enfocó en la curva de sus senos. Empezó a comer mientras revisaba el celular, todavía no le había contestado, eso le disgustaba:

No sé qué demonios haces, pero a menos de que en las noticias digan que es el fin del mundo, no te perdonaré semejante ofensa.

Se sentó en el sofá y subí el volumen de la música. al tope.

— ¿Qué quieres Sunshine? —preguntó Daniel en cuanto la rubia apareció, en su refugio terrenal.

— ¡Levántate de ese sillón, flojo! Necesito que vayas ahora, hasta la casa de la hija de Ölüm y veas si se encuentra acompañada—le ordenó Sunshine, se notaba preocupada.

— ¿Para qué? —preguntó Daniel confundido ante la exigencia.

—Es importante, creo que algo pasa y necesito saber que no es paranoia mía—suspiró ella y Daniel se levantó del sillón, su expresión era seria.

—Lo haré—respondió él antes de desaparecer.

Daniel apareció en la casa de Aíma, por lo alto de la música parecía que estaba en medio de una fiesta, pero no era así; ella estaba sola, sentada en un sillón comiendo una pizza. La petición de Sunshine era rara; por lo que sintió algo de angustia y accedió a sus órdenes, pero el lugar estaba en calma, así que se fue tranquilo, antes de que Aíma notara su presencia, no quería molestarla sin razón, ya la había fastidiado mucho ese día por lo que le daría tiempo para que se calmara.

¿Qué hacía Daniel en su casa? Si no fuera por el hecho, de que no era humano diría que la acosaba. Fue un poco ingenuo, al pensar que no lo notaria; ella podía detectar la esencia de su alma a kilómetros, pero, ¿por qué no le había hablado? Eso le intrigaba; por alguna razón no quería que lo viera. Así que tendría que hacerle una visita a su enemigo celestial; él no era el único con el poder de llegar a una casa sin ser invitado. Se levantó del sofá, concentrándose en su esencia; recordó el lugar al que una vez le llevo; ese lleno de espejos y vitrales, algo le decía que se encontraba allí. En cuestión de segundos apareció en ese sitio; él estaba con esa chica rubia, la que vio el otro día en el colegio, a lo mejor era su novia, o lo que sea que tuvieran los ángeles.

— ¿Con quién estaba? —preguntó la rubia con tono serio.

—Sola—le aseguró Daniel.

— ¿No estaba con Kólasi? —insistió ella.

—Estaba totalmente sola. Te lo aseguro—afirmó él.

—Era lo que me temía. Debe estar muerto—soltó disgustada.

— ¿Muerto? Eso no puede ser—murmuró Aíma afectada, él no me contestó los mensajes, eso nunca había pasado. Se sentía rara, lo único que deseaba era golpear a la rubia. Salió de la cortina que la ocultaba de sus ojos, ambos la miraron desconcertados.

— ¿Qué haces aquí? — preguntó Daniel tratando de mantener la calma.

— ¡Cállate ángel! —chilló mientras avanzaba, hasta la rubia—. ¡¿Qué le hiciste a Kólasi?

—No sé de qué hablas—aseguró ella serenamente.

— ¿No sabes? Te refrescaré la memoria, querida—aseguró y la sujetó del cuello, pegándola contra una de las paredes. Ella trató de soltarse, pero no lo logró. — ¿Sabes qué es lo mejor de ser un demonio? Somos endemoniadamente fuertes—musitó la pelirroja, sus ojos relucían, invadidos por un color rojo sangriento.

— ¡Alto! —gritó Daniel y una punzada de dolor, golpeó el cuerpo de Aíma. Él la manipulaba, usando la marca en su mano; pero no podía ocasionarme más dolor, del que sentía.

— ¡Maldita perra celestial! ¿Me vas a decir dónde se encuentra Kólasi? O verás tu cuerpo arder—siseó la pelirroja, sujetándole el cuello con la mano izquierda, mientras que con la derecha creaba una bola de fuego. Los ojos de la rubia despidieron una luz blanca, estaba muriendo.

— ¡Aíma basta! —ordenó Daniel enojado.

—No es contigo ángel. ¡No intervengas! —se quejó y le arrojó la bola de fuego, para callarlo, pero él la esquivó en el último segundo.

—Ella no le hizo nada, estaba preocupada por él—aseguró Daniel y trató de acercarse a ellas.

—Si claro—comentó sarcásticamente.

—Él trabajaba para nosotros. Te lo juro—confesó Daniel.

— ¡No es cierto! —gritó sin soltar a Sunshine.

—Lo es, bájala por favor—suplicó Daniel con un gesto triste y Aíma soltó, la rubia se precipitó al piso, cayendo inconsciente; Daniel le ayudó a levantarse. —Él estaba aliado con nosotros, pensaba que el infierno, era el bando equivocado—aseguró Daniel.

— ¡Si fuera cierto, me lo hubiera dicho! —soltó Aíma alterada.

— Lo hubieras matado, por ser un traidor —logró decir Sunshine con dificultad.

—Yo no—no pudo terminar la frase, era cierto lo mataría.

—Si ustedes no lo tienen y lo que me contaron es cierto, debe estar en manos del infierno—musitó la pelirroja débilmente.

— ¿Qué piensas hacer? — preguntó Daniel.

—Ir al buscarlo—contesté Aíma sin pensarlo.

— ¿Necesitas ayuda? —insistió él.

—Yo no trabajo con ángeles—suspiró antes de desaparecer.

Desengaños

«Vale más un desengaño, por cruel que sea,
que una perniciosa incertidumbre».

—Francisco de Paula Santander—

La pelirroja apareció en su residencia; fue al estudio, rebuscó entre los libros de la biblioteca, hasta que uno de ellos abrió un pasadizo secreto. Entré en este y le condujo a una habitación llena armas; espadas, puñales, ballestas, flechas envenenadas. Tomó un cinturón, le colocó siete puñales de plata, luego sacó una espada, era reluciente. una verdadera joya sin duda, miró su belleza por unos segundos, ante la tenue luz de la habitación.

—Te encontraré, así tenga que matar a medio mundo. Te juro que lo haré—susurró, perdiéndose en el filo de la espada. Necesitaba encontrarlo, pero temía que fuera tarde. No sabía por dónde empezar, así que decidió jugarse una carta peligrosa y para ello necesitaba información, del tipo que solamente encontraría en el infierno.

— ¡Debí ponerle un GPS! —maldijo por lo bajo, avanzando hasta el Gimnasio de Grutus. Sus discípulos se encontraban entrenando, como siempre.

— ¿Entrenando a tus nenitas? —bromeó la pelirroja para llamar su atención, recostándose de la pared.

— ¡Volviste! —soltó animado.

—Soy tu diablura favorita—señalé sonriente y él se carcajeó estruendosamente.

— ¿Necesitas clases de combate? —preguntó levantándose del pequeño taburete de madera, ubicado en una de las esquinas del ring.

—Necesito información—respondió Aíma seriamente.

— ¿Acaso tengo cara de niñera? —se quejó rascándose la nuca.

—Serias una niñera de miedo—se burló la pelirroja—, nunca te confundiría con una, pero sé que posees información valiosa.

— ¿A quién buscas? —pregunto secamente.

—Phoebe, una de las amantes de Vrah—soltó serenamente.

—No puedo ayudarte—dijo cortante y se dio la vuelta.

— ¡¿Por qué?! —chilló molesta.

— ¡Lárgate Aíma! — bramó sin mirarle. —Debes aprender que el mundo no gira a tus pies—señaló disgustado.

— ¿Y si hacemos un trato? —le tentó. Grutus se giró para mirarla—. Si logro vencer a uno de tus luchadores, en una batalla cuerpo a cuerpo me dirás como encontrarla—propuso, era una oferta tentadoramente suicida, ningún demonio se negaría.

—Te vas a lastimar, niña. ¡Míralos! El más pequeño mide dos metros y sinceramente pareces una pulga a su lado—respondió Grutus se veía confundido, pero claramente tentado.

— ¿Tienes miedo? ¿Temes que una pulga les gané a tus matones? —preguntó con sorna, todos saben que los peleadores tienen un ego enorme.

—Lo digo por tu bien—respondió ladeando la cabeza.

—Si me crees tan incompetente, ¿por qué no aceptas mi trato? —recalcó enarcando una ceja.

—Acepto, pero cuando te destrocen, no me vengas llorando— dijo de mala gana. La pelirroja asintió y subió al ring.

— ¡Nada de armas, ni poderes! —gritó él.

Ella dejó los puñales y la espada a un lado, luego respiró profundamente. Tenía que ganar, lo hacía por Kólasi. La campana sonó, un hombre subió al ring, era enorme, media casi dos metros de alto y como tres de ancho, sus brazos son eran más grandes que todo el cuerpo de la pelirroja, al verle sintió un escalofrío, pero no podía mostrar debilidad, necesitaba ganar.

El demonio le lanzó un golpe, ella lo esquivó, pero él dio otro golpe y rápidamente la lanzó al suelo, trató de arrojarse sobre la pelirroja; quien rodó sobre su cuerpo, provocando que él se estrellara contra la lona, se reincorporó deprisa, le sujetó por el tobillo, logró soltarse, pero él se quedó con su zapato.

Todos tenían un punto débil, recordó Aíma, solamente tenía que encontrar el de su contrincante, sin morir en el intento. Corrió hacia el lado derecho, para esquivarle, notando que sus reflejos no eran buenos, pero necesitaba más que correr para salir victoriosa, además nunca fue una buena corredora y dudaba que ese demonio se cansara rápido. Él aprovechó su distracción, propinándole un puñetazo en el estómago, que la dejó sin aire; se acercó mucho a mí, estaba tan cerca que podía sentir su respiración en mi rostro, estaba por golpearme nuevamente, pero yo fui más rápida y pateé fuertemente su rostro.

Las razones por las que cometía semejante locura, pasaron por su mente, dándole el empujón necesario para continuar, le golpeó en abdomen con su pie, luego dirigió su puño hasta la boca, provocando que varios de sus dientes salieran volando, la sangre cubrió la mayor parte del rostro de su contrincante, que no dudo en abalanzarse furiosamente sobre ella, quien saltó rápidamente, por lo que no logró tocarla. La pelirroja se movió rápidamente, hasta posicionarme tras él, se abalanzó sobre su cuello, el luchador se sacudió bruscamente, pero la joven logró darle un fuerte golpe en el oído, provocando un daño en el tímpano. siguió golpeándole fuertemente, tanto como sus manos se lo permitían, necesita terminar pronto, su cuerpo estaba dañado, no aguantaría mucho.

— ¡Basta! ¡Suficiente! —chilló Grutus tirando de ella para bajarla del cuello del demonio. —Esa mujer vive en Chicago; tiene una tienda de hechicería—resopló limpiándole la sangre del rostro.

— ¡Qué manera de esconderse! —bromeó ella adolorida.

—La mejor manera de pasar desapercibido, es siendo obvio—respondió Grutus guiñándole un ojo.

— ¿Tienes la dirección? —preguntó esperanzada.

—No, pero recuerdo que se llamaba ***Sombras eternas***. Debes tener cuidado niña, no es bueno visitar a una bruja sin ser invitado.

—Yo sé cuidarme ¿o todavía lo dudas? —se despidió Aíma.

— ¿No quieres pelear para mí? —escuchó decir a Grutus a lo lejos.

— ¡Las peleas con hombres feos y sudorosos no son de mi estilo! —gritó sin mirar atrás. Iría a Chicago, pero primero haría una pequeña escala en su residencia, puesto que su aspecto era decadente, sin mencionar el hecho de que a duras penas podía mantenerme en pie.

Se deshizo de sus vestimentas; entró a la ducha, las gélidas aguas le dieron un saludo doloroso, pero si lograba su cometido, bien valdría la pena tanto dolor infringido voluntariamente. Después de asearse, se colocó un short gris y una franela sin mangas, del mismo color; ocultó bajo esta el cinturón con puñales, posteriormente ajustó la espada al lado derecho de su cintura. Tomó la Tablet que descansaba en la mesita de noche, tecleó el nombre de la tienda mágica, la dirección apareció en cuestión de segundos, sin duda su escondite era demasiado obvió, o quizás no intentaba esconderse.

La pelirroja optó por transportarse a tres cuadras de dicha dirección, caminó rumbo al local en donde debía encontrarse, luego de dos cuadras vislumbró la tienda, la fachada era de cristal, con un cartel de madera, en el que resplandecía el nombre de la misma en letras doradas. Al acercarse notó que había una poderosa protección en el local, así que actuó instintivamente, no dudando en lanzar una motocicleta estacionada en las cercanías contra la puerta de entrada, el cristal fue impactado por el vehículo provocando que astillas de vidrio volasen por los aires, además el choque ocasionó una pequeña explosión interna, desactivando el hechizo protector, permitiéndome así entrar sin problema alguno.

Había fuego sobre el mostrador y repisas, no vio a nadie adentro, por lo que decidió hacerse notar. Lanzó una bola de fuego contra un estante el cual colisionó, ocasionando la explosión de varios frascos, invadiendo el lugar de una niebla purpura. Aíma detectó movimiento, luego un dolor le invadió el brazo izquierdo, le habían arrojado un cuchillo, mismo que se encontraba clavado en su antebrazo, se lo sacó de un brusco tirón y lo arrojó al suelo.

—Así no se trata a las visitas—gruñó molesta la pelirroja, arrojó una llamarada, al percibir la sombra de una silueta, el fuego le golpeó, haciendo que cayera al piso. Era una mujer de cabellos casi nórdicos y ojos eran grises; rondaba los treinta y cinco años o quizás menos. —Deberías practicar buenos modales—siseé la pelirroja, sujetándole contra el piso.

— ¡¿Quién te mando?! —gritó ella molesta.

—Vengo por mi cuenta. Me ayudarás a encontrar algo que busco—aseguró, clavándole las uñas en el brazo, para levantarla del suelo.

— ¡No trabajo con demonios! —vociferó a viva voz, soltándose de su agarre. La rubia movió una de sus manos, provocando que Aíma volara por los aires, estrellándose contra un librero de madera pulida. La pelirroja invadida por el dolor le arrojó una bola de fuego, está la esquivó, cayendo en el intento. Aíma se incorporó, parándose frente a ella, le sujetó por los pálidos cabellos, transportándola hasta su casa. Trataba de soltarse, pero ella aplicó más presión.

—No puedes contra mí—susurró macabramente a su oído.

La ató a una de las sillas del comedor, asegurándose de inmovilizar sus manos; no estaba de ánimos para ataque sorpresa, le puso una tira de cinta adhesiva en los labios, era mejor impedir que lanzara alguna clase de hechizo. La fémina empezó a despertarse, Aíma tuvo que dejarla inconsciente o de lo contrario no hubiera podido inmovilizarla.

—Hasta que te despiertas—cantó la pelirroja. La se retorció, tratando de soltarse. —Yo no intentaría soltarme. Fui niña exploradora, mis nudos son perfectos. Quiero que me escuches; si haces lo que digo te soltare. ¡Lo prometo! —le aseguró amenamente, intentando ser cortés y le quitó la cinta adhesiva de la boca.

— ¡No ayudo a seres asquerosos! —chilló asqueada. Aíma le propinó una fuerte bofetada.

— ¿Tú también? —resopló la joven disgustada— ¡Ahora también quiero asesinar a su madre! —grité furiosa, golpeando la pared con su puño, por lo visto los padres de Kólasi eran tal para cual.

— ¿De qué demonios hablas? —preguntó Phoebe desconcertada.

—Necesito encontrar a tu hijo y me vas a ayudar, lo desees o no —le anunció la pelirroja con tono firme, ya no sería amable.

—No tengo hijos —soltó la rubia fríamente.

— ¿Acaso el hijo de Vrah nació como producto de la generación espontánea? —siseó irónicamente— ¡No me mientas! Sé quién eres —comenté cansada, estaba harta de las mentiras. —Me ayudarás o te daré un V.I.P al inframundo

— ¿Le paso algo? —musitó de manera casi inaudible.

—Desapareció —suspiró agotada—, si no lo encuentro pronto, será su fin. Necesito que me ayudes a rastrearlo, después te dejaré ir —admitió sinceramente.

—Pídele ayuda a los demonios Te será más fácil encontrarlo —sugirió ella. —A mí no me interesa

—Lo más seguro es que lo tenga un demonio. ¿Crees que eres mi opción favorita? —respondió dejándose caer en el piso— ¡Es tú hijo se lo debes! —gritó clavando sus verdes ojos en ella.

—Es un demonio —se limitó a decir Phoebe.

—¡No puedes juzgar a alguien sin conocerlo! ¿Quién es más demonio? Aquél que nació con sangre de demoniaca en sus venas o la madre desalmada que abandona a un bebé recién nacido, sabiendo que si lo hace crecerá rodeado de alimañas —escupió Aíma llena de odió. Un par de lágrimas se escaparon de los ojos de Phoebe.

—Te ayudaré —susurró tratando de contener las lágrimas.

—Te voy a soltar, pero pobre de ti si intentas de escapar. Te cortaré las piernas de ser necesario —le amenazó y ella asintió.

—Necesitamos un mapa mundi —comentó Phoebe mientras la joven soltaba sus ataduras.

—Debo tener uno en la biblioteca, ven conmigo—anuncié tranquilamente—. Camina adelante, no quiero perderte de vista, soy desconfiada—soltó señalándole el camino. Entramos en la amplia, biblioteca, decorada con inmensos estantes de roble pulido, la pelirroja rebuscó en varios de ellos, hasta encontrar un atlas. Lo sacó y se lo tendió a la bruja, quien lo extendió sobre un elegante escritorio; tropezando sin querer con un portarretrato de plata, que enmarcaba a Kólasi y Aíma, la navidad que se escaparon a Rusia, hace casi tres años.

—Ese es Kólasi—comentó Aíma, percatándose de que la mujer observaba la imagen.

— ¿Cómo es? —preguntó ella, en su voz se notaba una clara curiosidad.

—Alguien a quien no dejarías morir—suspiró—Lo único malo encima de él soy yo—confesó con una sonrisa, era consiente de sus actos y también de las razones por las que Kólasi le mintió.

—La forma más efectiva de localizarlo es con un cuarzo, lo pasamos sobre el mapa y listo, pero necesitaré algo suyo.

— ¿Servirá esto? —dudó la joven, quitándose un guardapelo de oro y rubíes, que escondía bajo su ropa, dentro del mismo reposaba un mechón de cabello, era de Kólasi, él se lo obsequió cuando cumplió nueve años y a pesar del tiempo todavía lo conservaba. Le traía buenos recuerdos, aunque nunca lo admitiría.

Phoebe le miró pensativa, tomó el mechón de cabello rubio oscuro, lo amarró a un collar con dije de cuarzo; que minutos antes pendía de su cuello; pronunció un hechizo en arameo, cuyo significado la pelirroja no comprendió del todo. El cuarzo bailó sobré el mapa, hasta fijarse en un punto, como si fuese atraído por un potente imán.

—Se encuentra en Nicosia—susurró Phoebe, observando el punto señalado.

— ¿Nicosia? —resopló Aíma, sería un largo viaje. — ¡Que se preparen, porque su peor pesadilla va en camino! —seseó con tono amenazador. Sin duda la sangre correría, estaba dispuesta a matar o morir

Se trasportó a la isla de Chipre, sería la primera vez que visitase los calabozos infernales edificados en ella, siglos atrás, cuando se le llamaba Ledra, era uno de los doce reinos antiguos de la de la isla de Chipre. Bajó al inframundo y un frio atroz golpeó su piel bruscamente. Era un mal presagio.

—¿Cómo acabe aquí? —se preguntó Kólasi—fácil por idiota, por confiar en Vladimir.

Fueron a un casino en la Vegas, por un momento todo fue como antes; licor, dinero, apuestas y diversión. Pero a la medianoche el hechizo se rompió, era obvio que ya no eran los mismo. Por creer en su amigo de infancia terminó en uno calabozos de tortura del inframundo. *«La debilidad conduce a la muerte»* esa era la frase que Ölüm le repetía constantemente, si le hubiera hecho caso, nada de eso hubiera sucedido. Por lo que sabía podía estar en cualquier lugar del mundo. Los calabozos eran tumbas de tortura, grandes cuevas negras, rodeadas por fuego y rocas filosas. Se encontraba atormentado, perdido entre sus arrepentimientos y debilidades.

Tormento eterno

«Un alma santa no nace de un paraíso;
nace de un infierno».
—Antonio Porchia—

—Si alguna vez deseaste irte al infierno no te lo recomiendo. Quisiera estar lejos de aquí, cada cinco minutos, estoy siendo azotado por una lluvia de cuchillos ardientes, me atraviesan la piel, rasgando profundamente, hasta llegara los huesos, trato de respirar hondo para contener las ganas que tengo de gritar, pero el dolor es tan fuerte que me es imposible soportarlo, luego de los cuchillos viene una llamarada de fuego, sentir el fuego consumiendo mi piel, es sin duda una sensación atroz, el peor dolor físico que alguna vez sentí. Después de vivirlo en carne propia, no creo que se le debería desear el infierno a ningún mortal, sinceramente ellos son unos tontos, no saben apreciar lo que poseen; la ambición los ciega a tal grado, que terminan condenándose por toda la eternidad—susurró Kólasi̱ con tristeza inmensa tristeza, pero nadie podía escucharle, yacía atado de manos y pies, sostenido por gruesas cadenas que le impedían caer al abismo, pero le condenaban a una tortura física. Se limitó a mirar al vació, adolorido, sangrante, agotado, perdido, pero a pesar de ello, muy en el fondo se ataba al anhelo de ser rescatado, aunque seguramente nunca sucedería.

Deseaba ser rescatado por Aíma o Sunshine; pero sabía que ninguna de ellas lo haría, Sunshine era demasiado prepotente, lo único que valía para ella era el bien mayor, ayudarlo no haría una diferencia de provecho. Y lo más probables es que Aíma se hubiera enterado de todo, por lo solo tendría ganas de matarle; más allá de sus anhelos sabía que aquello era una trampa, no quería a ninguna de las dos allí, odiaría verlas lastimadas por su culpa.

Aunque no lo pareciera, ante sus ojos ese par de hermosas mujeres eran muy parecidas, trabajaban para bandos diferentes, pero ambas en el fondo ocultaban a unas niñas caprichosas y dulces, a pesar de que lo dulce casi no se les notase. Los cuchillos y el fuego, traspasaron su piel nuevamente, quemándole, desgarrando la carne a su paso, marcas se dibujaron sobre su piel, una cascada de sangre, brotaba sin parar, la muerte sin duda sería un alivio, pero nadie moría allí; ese era un lugar destinado a tortura la peor forma de muerte conocida por los demonios, sufrir hasta sentirte al borde de la misma, pero sin tener la esperanza morir.

— ¡Sabia que la bastarda vendría por su niñero! —se mofó una voz masculina que la pelirroja reconoció de inmediato, era Vladimir.

— ¡Maldito! ¡¿Qué le hiciste?! —chilló llena de rabia, nunca pudo comprender el odio desmedido que él le tenía.

—Yo nada—respondió él, subiendo las manos en señal de inocencia. Una punzada golpeó el vientre de Aíma, era como si la estuviesen apuñalando desde adentro; trató de acercarse a Vladimir, pero el dolor se lo impidió.

— ¿Q- qué m-me hiciste i-infeliz? —logró pronunciar la joven con mucha dificultad, debido al dolor que le invadía.

—Es un hechizo muy simple; es perfecto para torturar impuros—respondió el rubio con soberbia.

—Eres tan débil. Recurres a hechizos para controlarme, sabes que de lo contrario ya estarías muerto—se burló ella y soltó una carcajada, a pesar de encontrarse en el suelo, producto de un dolor agudo.

— ¿Fuerte? Eres una mocosa engreída, con ínfulas de superioridad—bramó Vladimir con clara molestia.

—Una mocosa que te dejo ciego, sin esforzarse—comentó entre risas, aunque apenas y podía contener las lágrimas.

— ¡Desgraciada! —chilló Vladimir iracundo. Pronunció un rito oscuro, en algún idioma extraño para la pelirroja, quien sintió como intentaban sacarle las entrañas, el dolor se incrementó, dejándole tendida en el piso rocoso, la sangre empezó a brotar por de su boca, casi ahogándola, sin duda esa no era la forma, imaginó que moriría; Vladimir se le aproximó, portaba una espada en su mano derecha, ella trató de correr, pero su cuerpo no reaccionó.

—Nada te salvará, sucia perra—se jactó Vladimir, donde antes reposaban sus azules ojos ahora reinaban un par de agujeros negros.

Phoebe estaba sentada, observando un álbum de fotografías, era difícil enfrentarse a un pasado que trató de borrar durante veinticinco años; alejarse de los demonios fue su elección, no se arrepentía de ello. Las imágenes alegres de un ser tan extraño, pero cercano a la vez le confirmaron que había hecho lo correcto. Un joven apareció frente a la bruja, al principio Phoebe sintió temor, aunque no le costó mucho reconocer que era un ángel y aunque eso le sorprendía, era mejor que presenciar una aparición demoniaca.

— ¿Qué haces aquí? —preguntó ella confundida.

—Estoy buscando a alguien—contestó Daniel sin mirarla, le preocupaba haber perdido el rastro de Aíma un par de minutos atrás, eso era casi imposible teniendo en cuenta la marca que la jovencita portaba y que solamente él o la muerte podrían eliminar.

— ¿A la pelirroja? —inquirió Phoebe

— ¿Sabes dónde se encuentra? —preguntó Daniel, se le notaba la preocupación.

—No te lo puedo decir—suspiró ella. Daniel sonrió amablemente, se le acercó, hasta que posar sus manos a cada lado de su rostro, ella cayó en un sueño profundo, mientras él ejecutaba un recorrido por sus recuerdos, encontrando lo que buscaba.

—Espero que no sea demasiado tarde—musitó Daniel apenado, reviviendo los recuerdos de Phoebe. Se encontraba en un duro dilema, podía cerrar los ojos y dejar que su misión se ejecutase sin él, o intervenir, lo que sería un desacato. Pero al fin y al cabo ese demonio era uno de los aliados de Sunshine, se suponía que eso le otorgaba beneficios. Decidió acudir, aunque no fuese la mejor elección.

Un silencio sepulcral le recibió en cuanto bajo al inframundo, haciendo que Daniel pensara lo peor; por lo visto era tarde. Logró divisar dos figuras cerca del acantilado, sin pensar corrió en su dirección, ella yacía inmóvil en el suelo rocoso y un demonio sostenía una espada sobre su menudo cuerpo. La mataría ante sus ojos, sin que pudiera hacer algo, le encargaron eliminar a esa niña meses atrás, él solo se limitó a retrasar las cosas, jugando un inútil juego, no podía intervenir lo sabía, Sunshine lo reprobaría, sin mencionar el hecho de que estaría en problemas por desobedecer un mandato superior. Se lamentó de no matarla en el autobús.

El sonido del aceró cortando el aire llegó a sus oídos, era el final para esa jovencita engreída, la criatura que sin dudar lo salvó del fuego infernal, quien siempre soltaba comentarios de mal gusto, aquella pequeña nacida del sacrificio de Nadia la poseedora de unos ojos idénticos a los de Mariángela

—Sé que me arrepentiré—suspiró Daniel tristemente. Invocó su espada celestial, revelando su origen angelical, era de plata pura, forrada por los rayos del sol, imposible de observar por los impuros ojos de la humanidad.

Corrió con el arma en su mano derecha, envuelto en un halo de luz. De un golpe limpio y certero, dio fin a la existencia corpórea del ser demoníaco sin siquiera darle tiempo de defenderse o escapar, partiendo en dos su forma humana. La criatura soltó un chillido desgarrador, creando con sus lamentos un eco macabro en ese desértico lugar. Aíma yacía en el pedregoso suelo, rodeada de un pozo de sangre, obviamente ese líquido vital era suyo, parecía una muñeca rota. No soportaba verla así indefensa, igual que una niñita pequeña.

— ¡Levántate! —le exigió Daniel volviendo a su apariencia mortal —. ¡¿Acaso no eres un demonio?! —chilló tomando su pálido rostro entre sus manos; odiaba creer que ese era su final. Sus ojos se abrieron por un breve instante, tan verdes, pero casi carentes de vida.

—Sálvalo, por favor—susurró de manera prácticamente inaudible, cerrando los ojos, para someterse al destino que todos los mortales compartían, la muerte.

«*No puedo permitir que muera, sé que bajé a la tierra para matarla; pero no creo que sea su momento. Quizás me ganaré el infierno, pero haré lo que considero correcto*» pensó Daniel, colocó ambas manos sobre la piel de la joven, tocándole con delicadeza, como la dulce caricia de un amante; sanando así sus heridas, pocos minutos bastaron para que su cuerpo quedase completamente curado, la pelirroja dio un soplido y regresó a la vida.

— ¡¿Me salvaste ángel?! —soltó Aíma sorprendida.

—No puedo permitir que me arrebaten el placer de asesinarte—respondió Daniel, embozando una amplia sonrisa. Le alegraba verla, el tiempo a su lado le mostró una gran verdad, Aíma solo era una niña criada por bestias y como tal, se preocupaba por imitar a su manada.

—Yo te mataré primero, ángel—soltó Aíma con una dulce risita, provocando que Daniel sonriera nuevamente.

—A lo que vinimos. Si no me equivoco, tenemos un rescate `porque efectuar—comentó Daniel ofreciéndole su mano, para ayudarla a levantarse. Ella negó con la cabeza, soltando una risa ligera, pero genuina.

—No perdamos más tiempo—añadió Aíma, entrelazando sus dedos con los de él—. Debemos bajar por el precipicio, pero, ten cuidado si caemos, tardaríamos semanas o quizás meses en tocar el fondo—le comentó antes de descender por las rocas. No tardaron mucho en dar con lo que buscaban, pocos minutos después lograron verle; Kólasi colgaba encadenado de manos y pies. James le vigilaba. sentado sobre una roca cercana a la pendiente, lo suficientemente cerca para poder entablaran una conversación con su prisionero.

—Te lo buscaste mi hermano, eso te pasa por estar en el bando equivocado—soltó James. Kólasi se encontraba cubierto de quemaduras, sangre seca y fresca.

—Fue otro que es que escogió mal—escupió Aíma y lo empujó al abismo. Era imposible saber cuándo llegaría al fondo, el inframundo era cruel e impredecible— ¿Te sientes bien? —suspiró dedicándole una mirada a Daniel, cuyo rostro se notaba pálido; estar en terrenos del infierno le afectaba negativamente.

—Debemos salir de aquí, pronto—respondió él ayudándole a soltar las cadenas que sostenían el cuerpo de Kólasi, cargando entre los dos su peso, para luego nos transportarlos a la casa de Aíma. —Es muy pesado—se quejó Daniel al llegar.

—No seas nena, ángel—se mofó la pelirroja. Phoebe se les acercó y entre los tres lo llevamos hasta la habitación principal; todavía continuaba inconsciente, producto de las múltiples heridas en su cuerpo.

—Al fin, podré descansar—murmuró la pelirroja en cuando Daniel se despidió, sentándose al pie de la escalera, permitiéndole su cabeza reposar sobre sus rodillas. — ¡Maldita sea! —chilló sin levantar la vista. Estruendosos pasos invadieron el recibidor, las paredes vibraron y el piso se estremeció. —. ¡Lárgate, no eres bienvenida!

—Esa no es la forma de tratar a las visitas—susurró una voz infantil.

—Tus visitas no anuncian nada bueno, Kurde—respondió asqueada, cambiando de posición, observando así a la criatura delante de ella, parecía niña de ocho años, con la piel muy clara, llevaba el cabello rizado a la altura de la cintura y tenía unos ojos verdes, grandes e intensos.

—Vine a advertirte—suspiró, su voz era dulce—, cosas desagradables están por suceder.

—Ya lo hiciste, así que puedes irte—comentó fríamente.

— ¿Tanto te disgusta mi presencia?

—Eres grotesca y lo sabes. ¡Esa forma que ocupas me da asco! —solté señalándola.

—A muchos les parece dulce—respondió ella alisando la falda de su vestido.

— ¿Dulce? Eres macabra; esa figura infantil, representa todo lo que no eres—contestó con desagrado.

—Es perfecta para mis planes—aseguró la niña embozando una amplia sonrisa.

—Claro, las almas condenadas llegan al infierno y las recibe un intento de niña, quien en realidad es un demonio torturador, que, en el momento menos esperado, se lanzará sobre ellos para convertirlos picadillo. Muy dulce sin duda—acotó y la niña sonrió.

—Funciona bien—aseguró con una sonrisa de satisfacción, sentándose en uno de los escalones, justo al lado de Aíma.

— ¡¿Quién te dio permiso de sentarte?!—chilló la pelirroja molesta. Su ira fue mermada por unos pasos provenientes del piso superior, Aíma volteó, enfocando en lo alto de la escalera la silueta de Phoebe. Kurde también miró en su dirección y una sonrisa amplia se dibujó en sus labios rosados.

— ¡Hola Phoebe, tanto tiempo sin verte! —anunció Kurde y Phoebe empezó a temblar.

— ¡Basta! ¡En mi casa no! —le reprendió Aíma, fulminando con la mirada a Kurde.

—Tranquila Aíma, no le diré a nadie que tu suegra vino de visita—aseguró la pequeña con tono inocente.

— ¡Podrías irte de una maldita vez! —soltó disgustada.

—Mi intención nunca fue importunarte, me caes bien Aíma, aunque no lo creas. Por eso vine a prevenirte.

— ¿De quién? ¿Kovat acaso? ¡No le tengo miedo!

— ¡Kovat es un imbécil que me hace los mandados! Pero existen otros que podrían dañarte, al fin y al cabo, los demonios somos criatura dañinos—añadió sonriendo.

—Es bueno saber, que el demonio torturador más terrible del infierno, me tiene aprecio. Creo me servirá cuando muera. ¡Quizás no me tortures tanto! —bromeó la pelirroja luego imitando una de las sonrisas de la niña.

— ¡Ten cuidado Aíma! —le advirtió—. Adiós Phoebe, siempre es bueno ver a una vieja amiga—soltó Kurde y desapareció.

Esa criatura de aspecto inofensivo siempre tuvo la capacidad de alterar el humor de Aíma negativamente. La joven subió las escaleras tras Phoebe, se adentraron en su habitación, donde Kólasi, seguía inconsciente, en parte eso era bueno, él tenía heridas graves, era una suerte que los demonios sanaran rápido.

—No debes temerle a Kurde—suspiró la pelirroja, recostándose de la pared—. Verte afectada la fortalece. No en vano logró que más de un demonio de alto nivel, se inclinasen a sus pies—agregó. Phoebe se encontraba en una silla junto a la cama, sus manos temblaban y se le notaba alterada.

—Ella es—empezó a decir Phoebe, pero se detuvo a la mitad de la frase.

—Tenebrosa y cruel, lo sé—Aíma completó la oración. La mujer posó sus ojos en ella—. Puedo ser peor que esa cosa fea, cuando me lo propongo—añadió con una sonrisa siniestras, provocando que la rubia temblase. En el fondo, deseaba que le temiera.

Acciones inesperadas

«Tengo que regresar al cielo; me han estado llamando todo el día y los he ignorado adrede. Debo verla a ella primero, siento que la cabeza se me va a explotar, su voz llamándome retumba desde hace horas, sus pensamientos logran alterarme, nunca se detiene, piensa cosas verdaderamente aterradoras» pensó Daniel masajeándose la sien.

— ¡Qué bueno que llegaste! —exclamó Sunshine, en cuando Daniel apareció frente a ella—. Por un momento pensé que no regresarías—añadió serenamente.

—Estoy bien—dijo él—. Aunque es molesto oír tu voz, a cada segundo dentro de mi cabeza—se quejó Daniel con desagrado.

— ¡Te lo mereces por no responderme! —le reprochó, colocándose blanco con palomas bordadas en hilo dorado.

— ¿Por qué llevas tu atuendo oficial? —preguntó Daniel. La rubia portaba una vestimenta blanca y dorada, incluso sus uñas tenían esos mismos colores.

—Ya es hora, ¿estás preparado, hermano? La batalla comenzará y sabes que no me gusta perder—soltó Sunshine, trenzando su rubia melena, sobre su hombro derecho.

—Lo estoy—respondió él y ella asintió dulcemente, saliendo de la habitación para que él se preparase.

«Hemos esperado tanto por este momento, que por un instante pensé que nunca llegaría. No tengo certeza nada; pero así son las batallas y cuando se lucha por un bien mayor no debe sentirse miedo a la extinción, sé que después de que todo termine nada será igual; quizás el cambio sea bueno, pero también puede ser malo» meditó Daniel mientras se estaba vistiendo para la batalla.

— ¿Qué sucede, Dan? La vi, ella se veía siniestra—la dulce voz de una joven, interrumpió sus pensamientos.

—Todos están listos, solamente esperan órdenes para comenzar ¿y quién creen que las dará? —musitó Daniel, acariciando la cabellera castaña de Nahila, era más baja que él, llevaba un vestido de seda azul. Desde lejos observaron una gran cantidad de ángeles y arcángeles reunidos en tropas, por rango y fuerza.

— ¿Listo? —suspiró Sunshine apareciendo tras ellos.

—Listo—contestó Daniel seriamente. Nahila se despidió de él y abandonó la habitación, ella no tenía permitido intervenir en la batalla.

— ¡Hora de jugar! —cantó Sunshine alegremente. El mensaje no iba dirigido a Daniel; sino para ellos, los nephilims reclutados para nuestro ejército, esos que hemos entrenado durante mucho tiempo.

—Todo saldrá bien. No te asustes será divertido, cortar miles de cabezas—añadió con una amplia sonrisa.

— ¿Lo disfrutas?

—¿Qué crees? Soy la voz encargada de anunciar la batalla, tú serás el primero en atacar. Entiendo que sea difícil para ti—confesó ella y lo sujetó por los hombros—. Míralo por el lado bueno, muchos de nuestros guerreros estaban condenados, pero ahora no importa si viven o mueren, porque su elección los ha salvado—le animó ella y él sonrió. Sunshine siempre tenía razón.

El infierno está plagado de sentimientos extremos, capaces de herir por el simple placer de ocasionar dolor, pero otros te sumergen en el delirio de las pasiones, ambos sentimientos pueden ocasionar placer. Aunque solo por uno de ellos, un ángel al igual que un mortal se convertirían en demonios. No en vano dicen que Dios otorgó el placer del sexo solamente a la raza humana, de ahí surgieron tantos descontentos en el reino celestial, ese fue un placer negado para los ángeles.

— ¡¿Dónde estabas?! —gritó Kovat furioso, señalando a Kurde, quien caminaba por uno de los pasillos más estrechos del infierno, cargando una antorcha entre sus pequeñas manos. Ella lo ignoró y él le sujetó por el brazo lleno de rabia.

— ¿Con qué derecho te atreves a tocarme? —soltó Kurde dulcemente, su mirada se veía tenebrosa.

— ¡Me ignorabas! —contestó él ofendido.

—Era mejor para ti que lo hiciera, pero si quieres jugar. Entonces juguemos—cantó ella, embozando una gran sonrisa, capaz de erizarle la piel al más valiente. — Niños la comida llegó ¡Die, Hate! ¡Vengan mis bebés! —añadió la pequeña. Gruñidos y sombras enormes se reflejaron en las paredes, los gruñidos aumentaron, las sombras se volvieron más grandes.

— ¡Te convenía ser ignorado! Entenderás que conmigo no se juega—aseguró Kurde confiada y Kovat palideció.

— ¡Basta, no es gracioso! —gritó él algo nervioso.

—Deberías correr. Cualquiera en tu lugar, lo haría sin dudar—susurró ella tiernamente—. ¡Ataquen mis bebés! —ordenó con voz firme. Kovat empezó a correr.

Mientras unos corrían por su vida, otros cedían ante la tentación de lo prohibido. La enorme sala de juntas estaba poco iluminada, telas rojas colgaban del techo, runas antiguas relucían, sobre la pared de ladrillo, dándole refugió a la pasión.

—Ven—dijo Cassius palmeando el escritorio, Marie salió de su escondite, danzó descalza entre las telas y le sonrió.

—Te extrañé—susurró ella a su oído, con una mezcla de ternura y deseo.

—Yo más—aseguró él, desabrochándole la camisa—. Pero ya estás aquí y tiempo apremia—añadió dedicándole una sonrisa.

La besó con desesperación y un toque de lujuria, hasta caer sobre el escritorio, ese que sería su último lugar de encuentro. La puerta explotó de improviso, un rayo de luz penetró la habitación y todo se acabó. Eran los nephilims, aquellos niños, que fueron maltratados por sus propias familiar se revelaron, demostrando su poder. Nada los detendría, porque cuando se luchas un derecho, lo haces hasta el fin. Ölüm se encontraba sentado en su habitación, tomando una copa de vino, mientras se desataba el caos, ese que cambiaría su destino. Vrah y Kovat irrumpieron estrepitosamente en la recamara, acabando con el silencio.

— ¡¿Por qué demonios entran de esa manera?! —gritó Ölüm enojado.

— ¡Hay una rebelión! Los nephilims acaban de matar a Cassius—soltó Vrah exaltado.

—¿Cómo sucedió? —preguntó Ölüm algo sorprendido.

—Se encontraba con la hija del demonio de la envidia, ambos están muertos—agregó Kovat casi sin aire. — ¡Debemos acabar con esos nephilims! Siempre supe que no eran criaturas confiables—continuó diciendo invadido por la rabia.

—Y eso incluye a tu hija, Ölüm—añadió Vrah seriamente.

— ¡Todos morirán, sin excepción! —anunció Ölüm sin inmutarse.

Los gritos provenían de todas partes, los cadáveres caían como moscas, demonios luchaban contra nephilims, ambos bandos tenían bajas. La tierra también se veía afectada por el caos infernal, choques automovilísticos a grandes escalas, aviones cayéndose sin razón aparentes, las personas se encontraban aterradas, los gritos de desesperación no cesaban. Madres corrían con sus hijos en brazos, buscando un lugar para refugiarse, una serenata de sollozos invadía todos los territorios. El mar comenzó a salirse de su zona, inundando las calles con una fuerza descomunal.

—Sua, es horrible—admitió Boa con voz temblorosa.

—Sí, Marie —empezó a decir Sua, pero no terminó la frase, porque las lágrimas se apoderaron de ella.

— ¡Cálmate! Tenemos salir del infierno rápido —gruñó Boa con tono serio—. ¡No llores más! —añadió la rubia y forzó una sonrisa.

Explosiones acompañadas de gritos invadían el inframundo, la oscuridad reinaba. Un par de golpes retumbaron en pulido piso de mármol, al tiempo que una risa infantil resonaba fuertemente, acompañado a la pequeña niña que se materializó frente a Ölüm, Vrah y Kovat.

— ¡Qué bueno verte, mi dulce Kurde! —comentó Ölüm con una amplia sonrisa.

—Lo mismo digo. Es muy bueno verme —respondió ella sonriente, alisando la falda, de su hermoso vestido verde claro.

— ¿Qué haces aquí engendro? —escupió Kovat con asco.

—¡Oh! No te no te había visto; es que eres más insignificante que un mosquito —comentó Kurde serenamente.

— ¡Estoy harto de ti! —siseó Kovat, arrojándole una bola de fuego a la pequeña. Ella la agarró con su pequeña mano y la desintegró.

—Pobre, eres tan imbécil —escupió la pequeña, haciendo una señal con la mano y Kovat cayó al piso, retorciéndose de dolor. Ella se le acercó. Él expulsaba sangre por la boca. —Eres tan débil, no puedes resistir mi poder —susurró Kurde con una sonrisa en los labios.

— ¡No es el momento, cariño! El infierno se derrumba, no podemos matarnos entre nosotros —bramó Ölüm seriamente.

— ¡Qué me pida perdón de rodillas o le romperé las entrañas! —chilló la niña, sin dejar de mirar a Kovat. Ölüm le dedicó una mirada al demonio que yacía en el piso, le hizo una seña con la cabeza y Kovat asintió.

—Te pedirá perdón, pero déjalo. Somos aliados, recuérdalo —añadió Ölüm y Kurde dejó de torturar a Kovat. El empezó a incorporarse cuidadosamente. Su ropa estaba cubierta de sangre, mientras que su rostro lucía demacrado.

—Estoy esperando—insistió Kurde, golpeando el piso con sus pequeños pies.

—Perdóname—susurró Kovat de mala gana.

—Dije de rodillas, ¿no es cierto? —señaló Kurde y Ölüm le hizo un gesto a Kovat, él empezó a ponerse de rodillas, con una clara expresión de ira en su rostro.

—Perdóname—musitó Kovat arrodillándose, con una mano en su abdomen, para mantener el equilibrio.

—Ni creas que te perdonaré. Debes entender que conmigo no se juega—resopló ella seriamente.

—Antes de que te vayas, me gustaría pedirte algo—añadió Ölüm y Kurde fijó sus ojos verdes en él.

— ¿Qué quieres de mí? —preguntó ella algo incrédula.

—Necesitamos tus perros, para cazar nephilims. Todos saben que los tuyos son los mejores.

— ¿Los hombres son imbéciles o qué? ¡No basta con que la mitad de ellos quieran irse al otro bando! ¡Ahora quieres acabar con los pocos aliados que nos quedan! ¡Estamos en medio de una guerra, necesitamos a todos! —gritó molesta.

— ¡Son traidores impuros! —chilló Vrah.

—No cuenten con mis perros, tienes los tuyos Ölüm, confórmate con ellos. porque los míos no serán tus sirvientes. Si piensas matar a esos niños, yo no te ayudaré—aseguró ella y desapareció.

— ¡Debiste acabar con esa cosa, viste lo que trató de hacerme! —bramó Kovat furioso.

—Si lo hubiera intentado, ninguno de nosotros estaría aquí para contarlo—respondió Ölüm calmadamente. Liberó a sus perros infernales, para que mataran a todos los nephilims que se cruzasen en su camino. Ruidos, pasos y sombras invadieron los pasadizos del infierno.

— ¿Qué es eso? —preguntó Sua temblorosa.

—No sé, pero debemos salir de aquí y rápido—respondió Boa, tratando de sonar calmada.

— ¿Estás segura de qué es la dirección correcta? —insistió Sua llena de dudas.

—Sí, por aquí queda una de las pocas salidas ocultas, que van directo a la superficie—afirmó Boa. Los ladridos se incrementaron y las sombras estaban acercándose.

— ¡Corre Sua, son perros demoniacos! —gritó Boa. Ambas jóvenes corrieron.

—¡Maldición! —exclamó Kurde, percatándose la presencia de los perros de Ölüm. Decidió ir tras ellos.

— ¿Nos vas a matar? —soltó Boa, fijando la mirada en Kurde, quien apareció ante ellas.

— ¿Por eso nos mandaste a tus perros? —chilló Sua aterrada.

—No y no—respondió Kurde fríamente—. En cuando escuchen las explosiones corran y no miren atrás. Por cierto, no son mis perros, si lo fueran ya las hubiesen descuartizado: esos son los perros miopes de Ölüm—añadió disgustada e hizo una mueca.

Una serie de monumentales explosiones invadieron las estrechas e irregulares paredes, repentinamente fue como si las jóvenes estuviesen paradas frente a un enorme espejo, había dos seres idénticos a la rubia y la castaña, quienes les dedicaron una sonrisa torcida, para luego salir corriendo en la dirección opuesta, distrayendo así a los perros.

—Tengo miedo—suspiró Boa, conteniendo las lágrimas.

—Esos perros, son aterradores—secundó Sua, casi sin aire.

—No le temo a los perros; sino a ese bicho con cara de niña—confesó la rubia mordiendo su labio inferior.

El agua arrastraba a las personas que vivían la superficie, algunos intentaban treparse en las paredes y techos de las casas más altas, para evitar ser arrastrados por la feroz corriente. Ángeles y arcángeles bajaron del cielo; los demonios subieron a la tierra. La lucha entre el fuego y la luz dio inicio; flechas envenenas volaron en todas direcciones, ambos bandos daban lo mejor de si, empleando sus fuerzas. Sunshine y Daniel se encontraba al frente, eran los elementos fuertes del cielo, pero no había que olvidar el hecho de que el infierno poseía una gran cantidad de miembros poderosos.

Entre Phoebe y Aíma llevaron a Kólasi al ático, todavía tenía algunas heridas abiertas. . La rubia le recordó que los demonios sanaban rápido, por lo que no eran mortales. Las dos escucharon una estruendosa explosión, proveniente de la planta baja, los vidrios de las ventanas se rompieron, volando ferozmente por los aires.

—Llévatelo a un lugar seguro—le dijo la pelirroja a Phoebe, por lo visto no podría descansar.

—Me quedaré—habló Kólasi, por primera vez desde que lo rescataron—. Ha llegado el momento, la batalla fue anunciada y ya no se puede detener—musitó débilmente.

—Una vez te dije, que, si tuviera que dejarte morir, para salvar mi vida lo haría sin dudar—suspiró Aíma acercándosele, posando sus ojos verdes en él—. No he cambiado de opinión, pondría mi vida en primer lugar. Si bajas ahora no servirás de nada, estas demasiado débil. Quiero que te vayas, ir allá sería un suicidio—añadió seriamente.

—No puedes sola—insistió él.

— ¡No soy una inepta! ¡Tengo más fuerza que cualquier demonio! —gritó ofendida—¡Ahora lárgate! ¡Te quiero lejos de mi casa, sé lo que hiciste!

—Aíma—empezó a decir Kólasi, pero ella le interrumpió.

— ¡Fuera! No te permito que dudes de mi poder—soltó y él asintió tristemente.

—Cuídate, nena—susurró, antes de desaparecer con Phoebe, Aíma sentía que debía alejarlo, no era justo dañarlo egoístamente. La pelirroja se asomó por las escaleras y su rostro se llenó de alivio, en medio del caos, pudo ver a el rostro del ser que más amaba, su padre.

—Hola, mi hermosa niña—dijo él dulcemente.

—Me alegra tanto verte—soltó ella, corriendo escaleras abajo, para darle un fuerte abrazo—. Han sido, momentos tan difíciles, padre—suspiró apoyando la cabeza en su pecho. El la rodeó cariñosamente, con sus fornidos brazos, se veía tan joven que parecían más un par de hermanos que un padre con su hija.

—Lo sé, cariño—respondió, apartándole un mecho de pelo, que cubría su ojo izquierdo. —Fuiste mi mejor proyecto, mi gran creación. Estoy tan orgulloso de ti, mi niña —agregó amorosamente, mirándole a los ojos. Aíma tuvo un mal presentimiento, sentía que lo que vendría no le gustaría. Su instinto se lo decía. —Pero, a veces hay que hacer sacrificios, por un bien mayor y la paz del infierno, lo vale—añadió Ölüm, mirándola con nostalgia. En cuanto terminó la frase, la pelirroja se apartó de él, dando un par de pasos atrás.

— ¿Me vas a matar? —logré pronunciar con la voz entrecortada, las lágrimas empezaron a descender por mi rostro. El dolor de la traición era tan fuerte, que no las pudo contener, por eso no se podía confiar en los demonios, ellos eran muy traicioneros.

—Me quieres Aíma, lo sé. Ese sentimiento viene de tu lado mortal; por eso siempre quise, que mi descendencia fuera en parte humana. Los sentimientos de amor humano, son capaces de crear grandes sirvientes, en nombre de ese sentimiento, muchas veces se llega a matar. Te prometo que será rápido, mi querida niña—soltó Ölüm serenamente. Sacó una espada que yacía oculta bajo su capa, era un arma hermosa, decorada con detalles de oro y piedras preciosas. La elevó para atacarle, pero la joven lo esquivó, danzó hasta la chimenea para tomar su espada, que descansaba al pie de la misma, por primera vez su desorden le sería útil.

—Lo siento papá; pero, alguien un día me dijo, que los sentimientos eran una basura creada por los débiles para soportar y yo nunca he sido débil—soltó su hija y lo atacó usando la espada, él utilizó la suya para defenderse del ataque.

—No matarías a tu padre, mi princesa—aseguró confiado, sus espadas chocaron sonoramente, en lo que, ante ojos de terceros, parecería una elegante muestra entre dos espadachines.

—Te equivocas, padre. Por cierto, ¿sabes qué es lo más curioso de los mortales? —comentó sonriente—. Ellos son capaces de matar a quienes aman y luego lloran desconsolados sobre sus tumbas, es tan irónico—cantó con una amplia sonrisa.

Llevaban más de media hora combatiendo, ninguno de los dos se daba por vencido; aunque a la pelirroja le dolían los brazos y el sudor banaba su cuerpo. Ölüm arrojó su espada, estaba harto de tanto jugueteo, le lanzó una llamarada de fuego, que ella le devolvió, las llamaradas chocaron entre si. Ambos se negaban a rendirse, el primero en hacerlo no viviría para contarlo. La habitación era consumida por las llamas, el fuego de sus constantes ataques se desvió en todas las direcciones, golpeando las paredes, cortinas, adornos e incluso el pulido barandal de la escalera. Todo cuanto les rodeaba era fuego; los ojos de la pelirroja sangraban por el esfuerzo, la cara de su padre relucía pálida; Aíma empleó la fuerza que le quedaba en una última llamarada, sería una batalla a muerte. La casa tembló bruscamente, partiéndose desde el núcleo, justo a la mitad, con una fuerza descomunal que les elevó del piso, para luego arrojarlos con furia.

El final de una vida

—Pierre Augustin de Beaumarchais—

— ¿Estás bien? —dudó una voz femenina.

—Creo—murmuró la pelirroja, esforzándose por levantarse del suelo. La cabeza le dolía, se llevó la mano a esa zona, sintiendo como se humedecía., el olor a sangre fresca golpeó sus fosas nasales, provocándole un mareo.

—Ten cuidado, es una suerte que sigas viva—soltó la voz nuevamente, un frio brazo la sostuvo para que no golpeara el suelo, Aíma pestañeó un par de veces, ajustando sus adoloridos ojos a la luz; percatándose de la presencia de Boa, quien le sostenía con delicadeza. La rubia tenía un corte amplio en el lado derecho del rostro, su costado izquierdo sangraba mucho.

— ¿Qué haces aquí? —le preguntó, aunque le dolía hablar.

—Asesinaron a Marie. Sua y yo escapamos del inframundo, pero la perdí en el camino de regreso—confesó Boa echándose a llorar—. Vine a buscarte, lo vi todo. Ölüm trató de matarte—admitió entre sollozos.

— ¡Es un maldito traidor! ¿Sabes dónde está ahora? —chilló furiosa.

—Lo vi irse. Estaba malherido—respondió ella.

—Debemos irnos Boa, no es seguro estar aquí—dijo la pelirroja, mirando el montón de cenizas, que ocupaban el lugar de su casa.

— ¿Has visto lo qué pasó? Los ángeles bajaron del cielo, están matando a todos demonios—soltó la rubia preocupada.

— ¡Pues qué bien! —cantó Aíma—. Es una suerte que no seamos demonios—agregó entusiasmada. La rubia le miró un tanto incrédula. — Recuerda que somos nephilims y superamos con creces a los demonios—terminó diciendo y una sonrisa se dibujó en los labios de Boa.

—Sí, nosotras somos mejores—afirmó Boa animada. Las jóvenes robaron una camioneta gris, estacionada frente a la casa de sus vecinos. Recorrieron las calles, observando el caos y la destrucción reinante, despúes de transitar unos pocos kilómetros, se vieron obligada a abandonar el vehículo, debido a las malas condiciones de las carreteras.

— ¡Corre! —gritó Boa a la espalda de la pelirroja. Una enorme ola, se dirigía a ella, logramos subirse a la azotea de un edificio poco maltratado, antes de que el agua las arrastrara.

—Se acaba el mundo—suspiró Aíma, contemplando la destrucción a sus pies. Boa asintió.

—Nos encontramos entre el cielo y el infierno—murmuró la rubia — ¿De que lado vas a estar? —preguntó, volteándose para mirarla.

—En él pueda confiar en mis aliados—respondió sin pensar, estaba cansada, ya no quería ser traicionada. —Ven conmigo.

— ¿A dónde? —preguntó la rubia serenamente.

—A patear traseros demoniacos—respondió tranquilamente.

—Barreremos el suelo con sus asquerosas posaderas, mi hermana—comentó Boa entusiasmada, dedicándole una sonrisa sincera.

Las batallas continuas batallas devastaban todo a su paso, las carreteras se agrietaban, los gritos reinaban por doquier. Era la viva definición de un infierno terrenal, aquello por lo que Aíma tanto luchó, pero ahora no le importaba, su único familiar la traicionó, el momento de seguir había llegado; las decisiones de ahora en adelante serían suyas, nadie la sometería otra vez, era libre de matar y de no hacerlo también. La imagen llegó ante sus ojos, permitiéndole empezar su nueva vida, era Kovat; ya nada la obligaba a respetarle, ese viejo pagaría caro sus desprecios. Boa y Aíma caminaron en su dirección era increíble ver a esa pequeñuela superficial, herida pero tranquila, ese era el poder de la libertad.

— ¡Ayúdenme! —gritó Kovat, al notarlas. Luchaba con Sunshine, ella se veía cansada pero no era de las que se rendían fácilmente. La rubia lo atacó con un rayo de luz, él se defendió con un improvisado escudo de fuego.

—Claro que te ayudaré—anunció Aíma, entusiasmada ante la petición de Kovat. Sunshine le dedicó una mirada de odio—. A morir más rápido—completó siniestramente.

— ¿Preparada? —preguntó a Sunshine. Ella asintió, Aíma lanzó una llamarada de fuego, la rubia creo una bola de luz; la luz y fuego se fundieron, creando una espiral naranja azulada, que destruyó el escudo de Kovat y al él lo hizo explotar, emanando un último lamento de dolor.

La pelirroja miró a Boa, combatía con un par de demonios, se notaba que llevaba las de ganar, ¿quién creo esa falsedad de que las bonitas eran débiles? Esa chica demostraba lo contrario, se veía feliz al hacerlo. Aíma decidió ir en busca de algunos conocidos, a los que le encantaría enviar directo al infierno.

—Hola—canturreó Aíma, tras Arthur. Él era uno de los más viejos del infierno, sentía un odio desmedido por los nephilims, su cuerpo aparentaba unos 65 años, tenía el cabello castaño claro y ojos de reptil, casi amarillos. Por su aspecto demacrado, se notaba que le había costado mantenerse con vida, entre tanto caos.

— ¡Aíma! Sigues con vida—comentó sorprendido.

—Es que soy muy fuerte—soltó, tratando de sonar inocente.

—Hay un gran caos, pequeña. El lugar se encuentra lleno de ángeles—murmuró Arthur a mí oído.

—Lo sé. Ya me encontré a varios de ellos—respondió con tranquilidad.

— ¿Y sigues con vida? Vamos, te necesito como guía, debo llegar a un lugar seguro—añadió sujetándola por el brazo.

— ¡Yo creo que no! —escupió la pelirroja, liberándose de su agarre. Él le miró confundido

—No vine a ayudarte. Mi padre trato de matarme—admitió sin inmutarse. Arthur se preocupó—. Después de eso reconsideré mi lista de aliados y sin duda, tu nombre no se encuentra—continuó diciendo.

El viejo trató de escapar, pero ella le arrojó una llamarada, que lo consumió velozmente, entre gritos de dolor. Se permitió sonreír, todavía le gusta matar, ¿o acaso creían que las viejas costumbres se perdían de la noche a la mañana? Boa y ella destruyeron a varios demonios, esos que las trataban como escoria, ahora le temían su poder.

Habían trascurrido muchas horas, tantas que la pelirroja perdió la cuenta. Observó a Daniel, varios demonios le rodeaban, pero ella sabía que él vencería, la miró al percatarse de su presencia y Aíma le arrojó un beso en la distancia; él sonrió como siempre lo hacía. Una luz cegadora se apoderó del lugar; cuando se disipó notó que los demonios cercanos a Daniel estaban muertos, tendidos a sus pies, sin duda él lo hizo, en se momento supo que si la hubiera querido matar lo habría logrado fácilmente; fuerza no le falta para hacerlo. Ese ángel le empezaba a caer bien, pero nunca lo admitiré.

Una de las grandes verdades de Aíma Smert, era que amaba las batallas, le encanta el caos y la destrucción, pero sin duda alguna, aquella era una de las más difíciles y sanguinaria que había visto en su vida. Las calles estaban inundadas de cadáveres, cenizas, polvo, sangre y uno que otro cuerpo convertido en puré. Sangre rodaba por ambos lados del rostro de Aíma, pegándose a su cabello.

—Pronto acabará—susurró Daniel acariciándole espalda suavemente—, me alegra que estés con nosotros.

—Yo no diría que estoy con ustedes. Solo me gusta asesinar traidores—comentó ella sonriente.

—Nunca admitirás una buena acción, ¿verdad? —suspiró resignado.

—No soy buena ángel. La gente no cambia y yo voy a ser malvada por toda la eternidad—confesó honestamente, encaminándose a una nueva batalla sangrienta—, por cierto, ¿me harías un favor? —le grité desde lo lejos.

— ¿Qué quieres? —respondió amablemente.

— ¡Asesina a muchos demonios por mí! —chillé y él sonrió. «*¿Quién diría qué Aíma Smert se encontraría combatiendo contra el infierno y no a su favor?*» pensó la pelirroja amarrándose el cabello en un moño alto. Siguió caminando, el mundo estaba por acabarse, probablemente moriría; pero se llevaría a unos cuantos demonios a la tumba antes de perecer.

— ¡Qué siga la fiesta! —Anunció con una gran sonrisa, en cuanto consiguió a su próxima víctima. —¡Yezzalyn, oh mi querida y adorada! —exclamó a la espalda de la chica, su cabello negro rizado le llegaba a la altura de hombros, tenía ojos cafés y la piel bronceada.

—Aíma, nos están matando —tembló aterrada.

—Lo sé, cariño —dijo la pelirroja abrazándole su cara estaba muy sucia, su camisa rota en la parte superior y sangraba mucho por el brazo izquierdo.

—Lo sé, cariño —dije y la abracé. El rostro de Yezzalyn estaba muy sucio, tenía la camisa rota en la parte superior y su brazo izquierdo sangraba.

— ¡Me tienes que ayudar! —gritó mirándole a los ojos.

—Claro, te aseguro que ningún ángel podrá tocarte —le prometió y empezaron a caminar.

—Es un desastre —susurró ladeando la cabeza, caminaron un par de calles, la morena no paraba de temblar. El caos reinaba, pero nada las dañó. — ¿Qué pasa? ¿Por qué te detienes? —preguntó frenéticamente, en cuanto Aíma dejó de caminar.

—Recuerdo todo muy bien, cada palabra, cada mensaje y comentario —soltó girándome entorno a ella. Observando el creciente terror en su cara.

—Era solo un juego, todos lo hacían —se defendió con voz temblorosa.

—A mí me gusta jugar —señaló Aíma. Sus uñas empezaron a crecer. Yezzalyn le lanzó una bola de fuego, la pelirroja la atrapó, haciéndola rebotar en su mano. —Pequeña zorra del infierno, eres tan inocente al pensar que me podías dañar—bufó apagando la bola de fuego con sus manos.

—Me asuste, pero tú no me harías daño, somos lo mismo, ¿recuerdas? —dijo caminando en reversa, hasta tropezarse con una pared.

—No somos lo mismo, siempre me recordaste que éramos diferentes—aseguró acercándome a su rostro, clavándole las uñas en su mejilla. —Te dije ningún ángel te tocaría—susurró antes de desgarrarle el cuello con las uñas. Ella chillaba como loca, tratando de soltarse, pero no pudo. Al terminar la pelirroja limpió la sangre de las manos, con la ropa de su víctima—. Mamá siempre me decía ratón y queso amigos son, no te confíes de nadie que más amigo te da traición—entonó esa canción mientras se alejaba del lugar.

Llega un momento de tu vida en el que se te dan dos opciones, en ese preciso instante, debes elegir la correcta, aunque tu decisión vaya en contra de los principios que te inculcaron, ¿serías capaz de abandonarlo todo? Esa era la interrogante que a muchos atormentaba. Terremotos y maremotos se intensificaron, si la batalla continuaba, era poco probable que quedara piedra sobre piedra, ocasionando así la destrucción de la humanidad sobre la tierra; muchos serían historia, se marcaría un nuevo inicio, solamente faltaba ver cual bando ganaría.

Sunshine tenía el rostro demacrado, su piel poseía un color grisáceo, pero no dejaba de combatir. Se encontraba con el demonio encargado de las pesadillas, ese que tortura a sus víctimas metiéndose en su mente, haciéndoles revivir sus más dolorosos temores. El demonio era atractivo, de mandíbula fuerte, rasgos atractivos, con una melena rubia llena de rizos y un cuerpo bien trabajado. Le dedicó una sonrisa sádica, ella sacudía la cabeza, tratando de alejar los malos recuerdos, provenientes de un pasado terrenal lejano.

—No puedes contra mi poder, preciosa. Nadie puede, todos tienen miedos, menos yo claro—siseó el chico rubio que aparentaba unos veinticinco años. Sunshine tembló, producto de las imágenes en su mente; el incendio, sus padres, su hermana y el demonio que destruyó lo único que le quedaba, perdió el equilibro, cayendo en la fría y desquebrajada carretera. —Tu alma es mía, lindura—susurró el demonio, lamiéndole la mejilla. Estaba tan indefensa.

—Yo diría que tu alma es mía, aunque dudo que tengas una—escupió una voz femenina, con una daga de plata cortó el cuello del demonio—. Excelente, acabo de crear una pelota de futbol—bromeó Boa golpeando la cabeza con su pie, le prendió fuego con un encendedor y un humo negro brotó, eran los recuerdos de los miedos que robó. — ¿Estás bien? —preguntó Boa ayudándola a levantarse. Ella asintió. — ¡Odio a los tipos como él! Se aprovechan de lo que no queremos recordar, además me debía unas cuantas—resopló Boa y se despidió —. Espero que ganen.

«*Es difícil aceptar la ayuda de un enemigo, un ser al que matarías sin pensarlo dos veces y peor es sentir, la humanidad tratando de ahogar a la oscuridad*» pensó Sunshine, recuperándose de su batalla contra el miedo. Ese sentimiento atroz, que todos han sentido alguna vez, que nos paraliza, agobiándonos dolorosamente, hasta rompernos sin piedad alguna.

La tierra y el mar se tiñeron de un rojo carmesí; proveniente de la sangre, de buenos y malos, inocentes, pero también de los culpables. Bien dijo Benjamín Franklin *"Nunca ha habido una guerra buena ni una paz mala".* Las guerras destruían sin mirar a quien, solo bastaba esperar que el ganador no fuera peor que el perdedor, porque en el campo de batalla ambos eran bestias.

Los rostros de los combatientes mostraban claras señales de cansancio, estaban malheridos, dañados, en piel, ojos, manos y demás miembros, producto de las múltiples batallas, de una gran guerra feroz. Era difícil decir con exactitud el número de muertes, perecieron tantos, que enumerarlos era como tratar de contar las estrellas.

Aíma acababa de destruir a un demonio idiota; si esos que se creían los dueños del infierno, los que eran tan parecidos a ella, aunque le costara admitirlo. Giró sobre sus talones y lo vio, yacía inconsciente entre los escombros de una cafetería; se cerebro le decía se lo merecía, el karma solía golpearnos en algún momento, él era un imbécil lo sabía, pero después de todo se encaminó hasta él. Sin duda era Andrés uno de los tantos que la molestaban en el colegio; optó por ayudarlo, aunque tenía ganas de verlo sufrir, pero se obligué a perdonar sus tontas bromas, levantó los escombros con sus manos, lastimándose en la labor. Le tomó el pulso era débil, pero seguía con vida, abrió los ojos por un instante y luego los volvió a cerrar.

— ¡Qué suerte tienes! Hace unos días, hubiera tomado asiento en primera fila para disfrutar tu muerte; debes agradecerle al universo—admitió trasportándolo a un lugar seguro, para luego volver a la batalla.

Los ángeles decidieron ponerle a la innecesaria destrucción; harían un último y es eficaz ataque, antes de que la humanidad pereciera. Formaron una cadena de cuerpos, tomándose de las manos, sin importar de donde provenían; lo único que importaba en ese instante era el bando escogido por voluntad propia. Ángeles, demonios, nephilims y demás seres mágicos que no desean ver al infierno tomando el control total, se unieron para darle fin a tanta destrucción.

Millones de manos se unieron en pro de un ideal común. Una joven de pelo castaño le extendió la mano a Aíma, invitándole a unirse, era algo bajita, con unos ojos miel radiantes; la pelirroja no supo qué hacer, dudó ante su acto, estaba por darle la espalda, pero Boa se entrometió, su cabello estaba más corto que antes; sin vacilar sujetó la mano de la joven y la de su amiga.

—Los enemigos de mis enemigos, no son del todo mis enemigos—murmuró Boa bajito, dándole un golpecito con la cadera a la pelirroja.

—Sin contar tu belleza, estoy gratamente sorprendido de las buenas decisiones que has tomado—soltó un joven cuyo rostro Aíma recordaba de las reuniones en el infierno. Él entrelazó sus dedos con los de la pelirroja—. No te morderé a menos que lo desees—añadió y ella negó con la cabeza, provocando una sonrisa en el joven.

Minutos después empezamos a unir sus fuerzas para dar el golpe de gracia. Una combinación potente de poderes surgió de esa unión; luz, oscuridad, caos, amor, destrucción y humildad se juntaron, creando una avalancha de poder indescriptible, que se elevó sobre ellos, arrasando con todos sus enemigos, sin darles tiempo de huir. Aíma entendió, eso que tanto decían en las clases del colegio, *"la unión hace la fuerza"*, por primera vez esa frase tuvo significado para ella, quien siempre trabajó sola. Pensaba que pedir ayuda, era para cobardes, pero logró comprender que algunas veces para lograr un beneficio, se necesita un poco de ayuda extra.

La unión de manos y poderes continúo durante un largo tiempo. Los ángeles, nephilims e inclusive algunos demonios que cambiaron de bando, dieron su fuerza, para que la oscuridad no reinase. La tierra se bañó de sangre, fuego y azufre; ambos bandos sufrieron pérdidas, esa guerra se llevó a cabo en el mundo entero, cada territorio peleó honorablemente

. Unas trompetas resonaron fuertemente, gritos eufóricos resonaron en el lugar, era la señal de una batalla finalizada, con el bando adecuado como vencedor. Pero si bien era cierto, que por el momento el cielo había ganado, también lo era el hecho de que todavía no reinaría la paz; muchos demonios lograron huir antes de que se diera el golpe final. Y mientras existiera el mal en la tierra, siempre estarían entre el cielo y el infierno.

Epílogo

Habían transcurrido seis meses desde que se desató la batalla entre los bandos definidos como cielo e infierno; momentáneamente ganó el cielo, aunque tuvieron un arduo trabajo, restaurando todos los daños ocasionados. Falleció gente inocente, lo que nos hace entender que la maldad no sabe distinguir entre sus enemigos y solo se limita a ocasionar eventos terribles.

—Mi vida ha cambiado mucho, para la muestra un botón, estoy aquí contigo, hablando como nunca antes lo hice, ni pensé hacerlo—resopló Aíma, colocando un ramo de rosas rojas, sobre la tumba de su madre. Se sentía realmente sola, no tenía familia y Kólasi, bueno él le estaba dando una oportunidad a su madre, capaz y ella no era tan maligna como parecía, ambos se encontraban fuera del país. Él se recupero totalmente, eso le aliviaba. No tenía una casa a la cual regresar; por lo menos no perdería su último año escolar, pues debido a las catástrofes naturales, se suspendieron las clases a nivel mundial. Eso dijeron las autoridades, para justificar la destrucción ocasionada por el cielo y el infierno. —Es hora de despedirme. Volveré, te quiero, o eso creo—suspiró con una sonrisa y caminó hasta la salida del cementerio.

— ¿Terminaste? —preguntó Daniel, quien se encontraba en el umbral del cementerio.

—Por el momento—contestó ella serenamente.

—Traje tus cosas—soltó lanzándole un bolso exodus rojo.

—Mis cosas se quemaron junto con la casa—le recordó atrapando el bolso sin titubear.

—Estaban en el casillero del colegio—acotó él—. Por cierto, me sorprende encontrar esto entre tus pertenencias—se burló, sosteniendo un libro de Hush Hush entre sus manos.

— ¿De dónde crees que salió tu apodo? Ángel—remarqué la palabra ángel al pronunciarla.

—Ciertamente, tú y ese tal Patch comparten un gran parecido—aseguró confiadamente—. Ambos son unos egocéntricos, engreídos y testarudos—agregó con una amplia sonrisa.

—Corre angelito, porque cuando te ponga las manos encima, vas lamentarlo—soltó la pelirroja amenazadoramente. Él corrió y ella fue tras él.

Todo había cambiado de la noche a la mañana y aunque por el momento podían disfrutar de la tranquilidad, debían estar atentos ante los cambios, porque mientras existiesen los demonios, no habría paz en el mundo.

Significados de los nombres de algunos personajes

Kólasi: Infierno (en griego).
Aíma: Sangre (en griego).
Ölüm: Muerte (en turco).
Vrah: Asesino (en checo).
Smert: Muerte (en ruso).
Kurde: Maldita (en polaco).
Kovat: Duro (en fines)
Sunshine: Luz del sol (en inglés).

Sobre el autor

Nació en la Isla de Margarita, Venezuela. Estudió Administración bancaria y financiera, en el Instituto Universitario de Tecnología Industrial "Rodolfo Loero Arismendi". Desde muy corta edad se interesó por la fotografía y las artes, su visión siempre ha sido mostrar que la oscuridad, no siempre representa la maldad, porque hasta en una mañana nublada, se puede capturar un bello momento. Sus pasatiempos son: la lectura, tomar fotografías y escuchar música. Le fascinan los libros de ficción histórica, fantasía oscura e inclusive aquellos con temas paranormales. En cuanto a melodías, ama el piano y el violín, considera que estos dos instrumentos crean una sonata digna de los dioses.

Si desean contactarle:
Email: nyxaquabooks@gmail.com
Instagram: @nyxaquabooks
Facebook: **www.facebook.com/nyxaquabooks**

Ángeles caídos
(Trilogía cielo o infierno #2)

El tiempo ha pasado y después de la batalla librada entre el cielo y el infierno muchas cosas han cambiado. Daniel fue castigado y expulsado del cielo por salvar a Aíma cuando esta estaba a punto de morir gracias a Vladimir; un viejo amor volverá haciendo dudar a Kólasi: sobre sus decisiones de apoyar al cielo, mientras la pelirroja y Boa se preparan para lo peor, sin saber el gran complot creado a su alrededor, el cual podría desatar una batalla más sanguinaria que la anterior, ¿lograran salir bien librados o será su fin?

Anímate a conocer la continuación de entre el cielo y el infierno, porque seguramente estos apasionados ángeles caídos te van a dejar sin aliento.

www.ingramcontent.com/pod-product-compliance
Lightning Source LLC
Chambersburg PA
CBHW071756150726
47998CB00005B/1954